JN193646

足利尊氏

元祖日本のリーダー

天美大河

郁朋社

はじめに

早いもので、私の作品も今回で第三作ということになりました。

一見風変わりな過去の二作品を既に手にとっていただいた読者の方々には、心より感謝を申しあげます。

そして今回、この第三作を初めて手に取られた読者の皆さまにも作品に横断する趣旨について少し分かり易くご説明させてもらえれば、物語をより深く楽しんでいただけると思い、本編の前にこれらの三作品に共通するコンセプトについて簡単に触れさせてもらうことにしました。


私がこれら三作の作品群で最も伝えたいテーマは何かと言うと、それを端的に述べると、「歴史は今の私たちの人生に対して、どのような影響を及ぼし得る存在であるか」ということです。

作品を通じて、歴史とは一体どのようなものなのかを探り、このテーマに迫ることを目的としてきました。

私はこれまでの作品において、「歴史を学ぶ大きな目的の一つであり最も魅力的な事業は、人物や事実の痕跡を頼りに我々が生きているこの世の中の構成やダイナミズムを再編成することである」と述べてきました。

そして、その為の指針になればと思い、初作の『さあ、信長を語ろう』、第二作の『太子と馬子の国』を執筆し、私たちの社会に役立つことができる歴史的意義を探ってきました。


初作の『さあ、信長を語ろう』においては、まず激動の戦国時代において、歴史の流れが特にはっきりと変わる転換点に注目しました。

有名な戦国武将織田信長の行動から、「歴史とはどのような性質を持ち、どのような個人の出来事が歴史を変えていくのか、またその変化は後の時代や現代になってからどのような影響を及ぼすのか」ということを探りました。

信長という偉人やそのカリスマに纏わる問題を通して、歴史という現象がどのように後の時代の私たちに影響を与え、関わっていくのかということを解明しようとしたのです。


第二作の『太子と馬子の国』においては、日本の国の歴史が始まったと認識できる時代での物語を描きました。

聖徳太子と蘇我馬子の活躍を中心に、飛鳥時代から奈良朝に繋がる歴史、つまり日本の律令国家が生まれていく姿を描き、「歴史とはどのように始まっていくのか、歴史の始まりとはどのようなものなのか」ということを解明していこうとしました。

この過程の中で「歴史の雛型の生成とそれが後の歴史にどのような影響、運命を与えていくのか」

という現象を探ることにしたのです。

そして今回、本著『元祖日本のリーダー　足利尊氏』を第三作として出版させていただくことになりました。

ところで、そもそも何故このように異なる時代の作品を描いてきたのかという理由には、以下に述べる、それはまた同時に歴史の大きな魅力でもあるのですが、歴史の持つ動的、流動的な性質が関係しているのです。

多くの皆さまも既に感じられていることかもしれませんが、歴史というものは一見固定した事実を描いているように思われがちですが、決してそうではありません。

歴史は絶えず揺れ、変動しているものであり、相対的な要素を取り込んで、常に変化しています。私はそのような観点から、比喩的な表現を許してもらえるならば、歴史は〝生き物〟や〝生命体〟、もしくは後に述べるように、〝川の流れ〟のような性質を持つ存在であると思っています。

史実という動くことのない定点を持ちながらも、それらの定点を骨格として、絶え間なく動き変化している存在が歴史であると考えています。

そして忘れてはならないのは、その歴史という〝動体〟に動きや変化を与えているものこそが、歴史を観察、評価する人間の認識という知的行為そのものです。

歴史を流動的、相対的なものとしているのは、史実を構成し、その構成に対して価値観や評価を与える人間の行為、作業であると言えるでしょう。

要するに、「人がその史実や構成をどう見るか」が決まることによって、つまり史実を観察、評価する人間がいて、初めて〝歴史〟は誕生するということです。

従って必然的な結果、見る人やその立場が変われば歴史は変わるし、歴史は時代によっても刻一刻と変貌していくものなのです。

次に、歴史の全体像、全体史のようなものを考えてみます。

性状としてそのように刻一刻と変化、変貌している存在である歴史ですが、全体としては過去から未来に向かう時間軸を持つものです。

全体像としても、経路を有する〝川の流れ〟のような存在です。

川には始まりがあり、上流から中流へ流れ、そしていくつかの川が集まり、最後は下流から大海へと流れていきます。

そしてその中で、特に流れが大きく変わる場所、ポイントというものがあります。

例えば、川の流れが始まる所、流れの方向が大きく変わるポイント、そして流れが集まって合流する場所などです。

それぞれが歴史においても、始まりや、転換点、合流点に相当する所になります。

そして、その歴史の重要な局面において、個人の行動や存在が歴史の流れを大きく動かす現象があることに注目しました。

そこで、その各時代において、最も大きく、象徴的に歴史に影響を与えた人物の物語を描くことにしたのです。

そしてまず、織田信長を、次に聖徳太子や蘇我馬子という人物を選び、物語の中で彼らの活動を蘇らせることにしたのです。

人間のどのような考えや個性、活躍が歴史の重要な局面に影響を与えたのかを、過去の二作品を通じて描こうとしました。

歴史を語る意義をそこに求めたということです。


そのような流れを汲んで、今回第三作を執筆することになりました。

第三作の作品の主人公は室町幕府の初代将軍である足利尊氏(あしかがたかうじ)です。

室町時代は、古代からの朝廷による中央集権的な政治の歴史の流れと、武士を中心とした地方勢力による地方分権的な政治の歴史の流れがまとめられ、日本の本流と呼んでよいものができた時代でした。

そして、この本流は今の日本にも通じる流れとなっています。

この時代には、日本全国に広がった様々な伝統、文化、芸術、思想が京に集中し、一本化する素地が整ったものと思われます。

現在の日本の伝統的文化のルーツは、多くが室町時代に祖形を持つとも言われています。日本において、これだけの文化、そして政治、経済活動が一挙に合流した時代というのは過去には見られませんでした。

その時代の礎を造った人物の一人として挙げられるのが、今回の物語の主人公の足利尊氏です。足利尊氏は、歴史の節目である、川の流れでいえば、大きな川が合流してまさに大河になる直前の時代で現れた人物ということになります。

彼が活躍した時代は、重要な歴史的変革期でした。

尊氏の生きた時代は戦乱の続く時代であり、主人公である足利尊氏も、当然ですが歴史の例外とはならず、時代の渦に巻き込まれ、翻弄されていきます。

そういった意味で、この物語は述べたような歴史的テーマに多くの示唆を投げかけてくれるものでありますが、それと同時に、歴史的な大役を任されることになる一人の生身の人間がどう生きたのかという、人生についての興味深い物語でもあります。

歴史上今回の足利尊氏のように、時代や見る人により評価がめまぐるしく変わる人物も珍しいと言えます。

極めて重要な時代に生まれ、活躍した人物であるが為とは思われますが、何故そのような様々な評価が生じたのかも、尊氏の人生を通して眺めてみたいと思っています。

そして結果、物語を通じて、皆さまに歴史を楽しんでいただくことができればこの上なく幸せに思う次第です。


今回の作品の取材で、京都のきぬかけの路にある、足利将軍家の菩提寺である等持院（とうじいん）を訪れました。

私と友人はちょうど、等持院の方丈から、足利尊氏のお墓である宝篋印塔（ほうきょういんとう）そして傍らに池がある北の庭を眺めながら、お茶を頂いて歴史談義をしていました。

その時のことです。

私たちが室町の世の話をしていると、突然等持院の池の鯉が池の中からそれこそ今まで見たことのないほどの高さで飛びあがりました。

突然の鯉の歓迎に、早速気前のよい尊氏公が「よくぞきてくれたな！」と私たちを出迎えてくれた気がしました。

足利尊氏とは終始そのように、人の心を動かす不思議な魅力を持った人物でした。

本編では、その尊氏という人物の魅力の奥深くに触れていきたいと思います。

さあ、それでは、本編が始まります。

皆さまも足利尊氏の活躍を是非ご堪能され、尊氏公とともに時代を巡り、そして室町時代の扉を開けてみてください。

元祖日本のリーダー　足利尊氏／目次

元祖日本のリーダー

足利尊氏

湊川

一三三六年（建武三年）五月二十五日、兵庫の和田岬。

九州での逆転勝利から反転し京に向かい、備後鞆津(びごともつ)からの船で上陸した足利尊氏は、遠く何かを求める視線で、ある一つの方向を眺めた。

尊氏自身は、弟の直義の陸軍とは離れて楠木正成(くすのきまさしげ)の軍と対峙することになったが、既に戦況は圧倒的に自軍に有利で、勝利はもう目の前であった。

「自分も同じ立場であればやはり同じことをやったか……。いや……」

とてもそうはできないと思い、尊氏は頭(かぶり)をふった。

「それにしても、天皇に奉仕する姿はみごとだ……」

「こちらにも持明院上皇の院宣はある。名目上、どちらかが朝臣、朝敵ということはないであろうが……」

尊氏は九州下向で成功を収め、そして既に上京前に、光厳上皇の朝敵追討の院宣を賜っていたのである。

「あいつは必ず歴史に名を遺すであろうな……」

尊氏はリアリストでありながら、否、究極のリアリストであるが故に、イデオロギーが現実に与える影響の大きさを、まさに身に沁みて理解していた。

「わしはどうか……」

このことを考えると彼は、自ら内包している気鬱の心が充満するのである。

そして夜になると、決まったように怨霊が獣の姿で現れ、その獣が尊氏に襲い掛かり、遂には我が身を滅ぼしてしまうという、壊滅的な悪夢にうなされることになるのである。

その夢では獣が、恐ろしい顔貌（がんぼう）で尊氏を責め立てる。

「お前は先祖から高貴な天皇の血を分けていただいた身でありながら、何と後醍醐帝に弓を引いたというのか！」

その責めに対して尊氏は、夢の中で必死に獣に抗弁し続けた。

「仲間を救っただけだ。決して帝に弓を引いたのではない！」

尊氏がそう言うと、決まってその獣の表情はますます険しくなり、尊氏を地獄の淵にまで引きずりこもうとするのである。

「たわけた言い逃れをしおって。許さん！　今夜もここにお前を引きずりこんでやるわ！」

獣が尊氏の両足を掴んだ。

もう尊氏は声も出なかった。

「……！」

そして尊氏は毎夜、自身の亡骸（なきがら）に対面することになるのである。


湊川（みなとがわ）の戦いにおいて、楠木正成はわずか五百あまりの軍勢で足利勢を迎え撃ったという。

そして正成は最期、弟の正季（まさすえ）と刺し違えて壮絶に散った。

天皇の忠臣という名の下で。

『太平記』において楠木兄弟は「七生報国」、つまり七度生まれ変わっては朝敵を滅ぼしたいと誓い、そしてお互いの最期を迎えたという。

その場所と云われる場所は、今も楠の緑に囲まれ、湊川神社（明治五年創建）の境内として祀られている。

この戦いにより楠木正成は歴史にその名を遺すこととなったのである。

この時、対する足利尊氏は、後醍醐天皇に対抗する持明院統の上皇、天皇を旗印に敵を撃つという派手なプロパガンダを行わなかった。

そのような政治行動を尊氏は好まなかったのである。

尊氏はそのような人であった。

そして、「本当は、後醍醐帝の御旗のもとで戦いたかった……」

それが尊氏の偽らざる本心でもあった。

この戦いの前のことである。

『梅松論（ばいしょうろん）』によると、楠木正成は尊氏が九州へ下向した折、朝廷の軍議で後醍醐天皇に尊氏との和睦を進言したが、その案は次のように退けられたという。

一三三六年（建武三年）二月に、尊氏の軍が京都の戦いに敗れて九州に走った時、正成は摂津の西宮まで追うが、夜には兵をまとめて京都に引きあげることになった。

そこでは正成は、勝利の余韻に浸っている公家たちを快く思わず、後醍醐天皇に対して次のような進言をしたという。

「新田義貞（にったよしさだ）を討って、足利尊氏を召し返して和睦されるのが得策と考え、その使者を自分が引き受けたいものです」

「朝権の回復ができたのは尊氏の功績が大きく、義貞が鎌倉を攻めおとしたとはいっても、その後の天下の武士は尊氏に心服しています。尊氏は武力ばかりでなく人徳でも敵を従わせる人です。つまり、尊氏は戦争と政治を併せて行っているのです。それに反して、義貞にはその人徳がありません。今、義貞につき従うべき軍勢、官軍に参加した都の武士までが、尊氏について九州へ走っています。このことから思うに、尊氏がやがて九州の大軍をまとめて都に攻め上ってくることは明らかでしょう」と述べたという。

この進言に現れているように、楠木正成は足利尊氏のことを武人として評価しており、尊氏の実力と源氏の嫡流筋としての人望と期待の大きさを認めていたのである。

楠木正成はやがて建武政権にとっても、尊氏を将軍とした幕府と共存する形が最も現実的に望ましい政体になると考えていたのであろう。

一説には、正成はもともと鎌倉幕府の御家人であったのが河内で悪党（あくとう）として反幕府に転身したともいわれており、もしそうであれば尊氏と同様、御家人から反幕府方へ転身した立場であり、当然尊氏と価値観を共有している可能性は高い。

また武士勢力における足利家の血統の良さ、尊氏の人望についても熟知するはずの存在であったということにもなる。

そしてこの進言を率直に行った結果、正成は一時謹慎を命じられたという。

しかし、最終的には正成の予言どおり、九州に下向した尊氏が大軍勢を引き連れて兵庫に戻ってきた。

その湊川における戦いの前にも楠木正成は後醍醐天皇に、尊氏との和睦が無理ならば次善の策として、尊氏軍をいったん洛中に誘き寄せてから追撃する作戦を進言するが、後醍醐天皇と側近はこの案も退け、正成と義貞に尊氏追討を命じたという。

湊川の戦いの折には正成は、「もうこの上は異議を申しません」と自らの死を覚悟して、五百余騎で兵庫へと向かったという。

楠木兄弟の自決が報告された。

「……」

尊氏は言葉が出なかった。

尊氏は正成のこと、彼の生き様を認めていた。

建武政権の前半、天皇の下で奉公する正成の人柄を見ていた。

足利尊氏は〝桜井の別れ〟で有名な、尊王の士としての楠木親子の生き様についても、それを打ち消したりするような仕置きや言論統制を行わず、楠木親子が尊王の士としてそのまま後世に語り継がれることを許容する立場をとった。

戦死した正成の首（頭部）を尊氏が、「さぞや家族は会いたかろう」と丁寧に遺族へ返還し、正成の霊を弔った供養堂には五十町の寺領を寄進したという。

尊氏は、後醍醐天皇の安泰を願い実直に行動を続けていた正成の気持ちに共感していた。天龍寺所蔵の光厳上皇宛の書状にも、正成を直接追い込んだ美濃や播磨の党の者にはまず願い通りの恩賞を与えることをさし控え、これらの者が義貞討伐に功をたてた上で改めて賞揚の沙汰をされて欲しいとの要望を記しているという。


「あれだけの身分の立場からよくやった……」

鎌倉幕府の立場から言えば、元は悪党の一味として歴史に登場しながら、ここまでみごとに天皇に奉公した正成に対して、尊氏は敬意の念さえも禁ずることができなかったのである。

正成は千早（ちはや）城での籠城戦においても知略を存分に見せつけた。

尊氏は正成の兵法家としての才能についても十分に評価していた。

正成が血統の良い自分には考えのつかない発想を持っていたと考えていたのである。

尊氏は、自分にない他人の才能については、素直にそれを認める性質を持つ人間であった。


尊氏は供の者から正成の息子の正行（まさつら）がいないことも知らされていた。

「息子のあやつはいないのか……」

純粋に正成の子の将来の哀れを不憫（ふびん）に思う気持ちに襲われた。

先程尊氏が派手なプロパガンダはやらなかったことを述べたが、その流儀から見られるように、生涯尊氏は自己の正当性を含めて、歴史に自らの大義を刻むことをやらなかった。

後の後醍醐天皇からの離反があまりにも不本意、不義な結果であり、その気をさらに削がせたことは事実であろう。

しかし元来の性格においても、尊氏は自己の行動を他人に認めてもらうことには執着しない性分であった。

逆にそのことに固執することがあれば、当主、棟梁としての自分の働きができないとまで考えているようであった。

「他の者には分からない。

いや、分からない方がよいのだ」

尊氏は歴史の本質には敏感であったが、逆にそうであるが故になのかもしれないが、歴史を操作したり、美化したりすることがないように配慮しているかのようでもあった。

この姿勢により、尊氏は自己の功績を含めてその多くの働きを歴史の中に埋没させる運命となった。

しかもなかば本人も分かりながら、その道を選んだ。

「誰かがそれをやらなければならないのだ……」

「言葉でどのように言っても、決して答えにならないことを……」

それは尊氏がそれまでの武士には見られなかった、個人の名誉を捨ててまでも、国をまとめて生きていくことを選択した決意であった。

時代は大きな転換期を迎えていた。

武士が実動の中心であることは間違いがなかったが、どのような形でこの時代を乗り越えていくのかは誰にも分からないことであった。

「いったいどんな時代になっていくんだ……」

尊氏にとっても、それは全く予想のできない時代の幕開けであった。

源氏の嫡流

この物語の主人公足利尊氏の先祖である、足利氏についてである。

足利氏は河内源氏の棟梁、八幡太郎源義家の子で足利荘に下向した義国(よしくに)、さらにその子で足利を名乗った義康(よしやす)を祖とする。

一三〇五年(嘉元三年)、足利尊氏(幼名又太郎)は、足利氏の嫡流である足利貞氏(さだうじ)の子として生を受けた。

ただし、又太郎は貞氏の正室の子ではなかった。

尊氏(又太郎)誕生当時、貞氏の嫡男として、北条家の血統を持つ正室の子である腹違いの兄、高義(たかよし)の存在があった。

兄高義がいなければ、当然自身こそが源氏の嫡流の血統を受け継いでいると生来気づいていたであろう。

しかし、やはり兄高義の存在がある限り、一族の血統を重んじる気持ちはあったとしても、自身が足利の当主となる意識はさほど強いものではなかったと思われる。

当然足利家においても、当主を育てる教育や情熱は、嫡男である尊氏の兄高義に向けられていたはずである。

その結果、又太郎は幼少時には、母である上杉清子（きよこ）やその実家の上杉家の影響をより強く受けることになった可能性が高い。

このことの意味を考えた場合、後の尊氏の人格や行動の選択に、そしてその結果としての尊氏の討幕運動、ひいては室町幕府のあり方や日本の歴史にも影響を与える重要な環境因となったことが考えられる。

つまり、もともと尊氏が生来の嫡男であれば、貞氏までの従来の当主のように、北条家との関係をまず柱に考えたであろうことが想像される。

実際父の足利貞氏という人はそのような発想を持っていた人物と思われる。

しかし、母清子の縁戚の者が多く京におり、さらには後醍醐天皇に寄り添って宮仕えをしている者もいたことを考えると、幼少期から朝廷の動向や意向、後醍後天皇や天皇の父である後宇多上皇の意思についても、又太郎へは逐次耳に入る環境で育ったことが想像される。


幼少の又太郎がどこで育ったのかということに関しては、はっきりとは分かっていないが、尊氏の人生を大きく振り返ると、幼少の頃は丹波国（京都府綾部市）に居たかもしれないが、鎌倉（大倉〈大蔵〉に館があったという）で育ち、建武の新政以後は京都に拠点を置いたということであろう。

つまり、何時から鎌倉で育ったかは定かではないが、先に述べた状況を考えると、又太郎（尊氏）は京に居ようが、鎌倉に居ようが、いや、むしろ鎌倉に居た方がより濃密な情報として、朝廷の状況が伝わってくる環境にあったと考えてよいのではないかと思われる。

又太郎の生誕に関して言えば、あえて奇跡的な生誕伝説は無く、幼少時の天才的な行動の逸話についても語られてはいない。

出生時、二羽の山鳩が飛んできて、一羽が又太郎の肩に止まったという伝承はあるようである。（その時、残りの一羽は柄杓に止まったということであるが、ひょっとして二年後に弟直義の肩に止まったのであろうか……）

源氏の氏神として祀られる鶴岡八幡宮では、鳩は神の使いであるという言い伝えがある。

将来、源氏の有能なリーダーにはなる資質があるということは示唆されているような逸話である。

素朴な尊氏らしいエピソードでもある。

後の時代にも、実際の天下人でありながら尊氏は、開幕後も終生自分を英雄視させるようなスタンスはとらなかった。

それとともに、自分を必要以上に大きく見せたいという意思も全くのように見られなかった。

自身を神格化、カリスマ化することには全く興味を抱かなかったようである。

その一つの大きな要因として考えられるのは、源氏の嫡流の子孫であるという十分な血筋の良さが、特にそのような行動に執着させなかったことはあるだろう。

そして、尊氏自身の終生の行動から見てみると、そのような「自身の虚像には一切惑わされない」という人生哲学を感じさせる。

「将軍というものは王将ではあるが、されどあくまでも一齣（こま）である」ということを最も体現できた存在が足利尊氏という人物であったという印象がある。


足利家は、右に述べた血統の良さから、家格としては源氏の棟梁となり得る資格を有していた。

源頼朝の挙兵にわずか数騎で駆けつけ、馳せ参じた足利の祖義康の子義兼（よしかね）は、その功績により頼朝にとりたてられた。

そして頼朝の命を受け、北条時政の娘を妻としたことより、足利家では代々北条家から正妻を迎えることが通例となり、これより後、有力な鎌倉御家人としての家系を繋ぐこととなる。


ちなみにこの足利の祖義康の異母兄の義重は新田氏の祖である。

しかし新田氏は、頼朝や北条家と結びつくことはなかった。

鎌倉御家人としての勢力伸張も見られなかった。

よって後の世、鎌倉幕府の倒幕に関して、新田義貞にとって重要なのは、必然的な新田氏（『太平記』においては新田を中心とする源氏）の再興であり、幕府に対しての遠慮は全く無く、北条氏討伐に対しても罪の意識は極めて希薄であったと思われる。

一方尊氏は、母清子は北条氏の娘ではなかったが、自分の正妻は北条の血筋（赤橋家）の娘を貰い受けている。

先祖代々、歴代の当主が北条家から正妻を迎えていた立場や、鎌倉御家人として北条得宗家を立てなければいけない立場もあった。

北条家に対しては先祖の累代からの恩も確かにあり、新田氏に比べれば、罪の意識というものは少なからずは存在していたものと思われる。

「これまで得宗家から受けた恩も確かにある。

しかし、この国を正しい方向に導いていかねばならない」

というのが、尊氏の偽らざる気持ちであっただろう。

後醍醐天皇

後醍醐天皇の討幕運動に対しては、尊氏はどのように思っていたであろうか。

鎌倉時代後期、朝廷の皇位継承にも幕府の意向が強く関与してくる事態が見られるようになっていたが、後深草天皇（持明院統）、亀山天皇（大覚寺統）以後見られた有名な両統迭立の時代には、その傾向がはっきりと現れるようになった。

この流れを受けて、後醍醐天皇も自らの皇統を継続することについては幕府から強い制限を受けたのであるが、後醍醐天皇はこれに対して大いなる不満を抱いた。

鎌倉時代後期のこの皇位継承に関する現象については、実のところは、幕府方のみが一方的に圧力をかけたものではなく、公家や朝廷側においても、自分たちが推す候補が皇位継承を有利に進める為に皇族や公家が幕府の意見を「天意」とまで表現して、ことさら幕府の意向を丁重に受けとめる状況も見られるようになっていた。

これから述べるように、実は後醍醐天皇は尊氏と同じく、兄の夭折により遅れて巡ってきた後継者としての立場であり、元々幕府と朝廷の間の利害関係に直接巻き込まれることも少なく、この行き過ぎた現状に対しては、原理的に、純粋に反対する気持ちを抱いていたのではないかと思われる。

後醍醐天皇は大覚寺統である後宇多天皇の第二皇子として生まれた。

一三一八年（文保二年）三十一歳の時に天皇となった。

かなり遅れた高齢の即位である。

この遅れた即位に現れているように、もともと皇位につく予定ではなかった。

異母兄の後二条天皇が在位七年、二十四歳で若くして崩御したことが高齢の即位の理由であった。

後醍醐天皇はこの点において、足利尊氏にとって家督相続が本来予定になかったことと極めて近い境遇を受けていたことになる。

後醍醐天皇と尊氏との間の何か運命的な繋がりを感じさせる前半生であったと感じさせる。

さらに後醍醐天皇においては、即位後三年間は父の後宇多法皇が院政を行った。

後宇多法皇の遺言状に基づき、当初後醍醐天皇は、兄後二条天皇の遺児である皇太子邦良（くになが）親王が成人して皇位につくまでの中継ぎとして位置づけられていたという。

要するに、後醍醐天皇は治天の君（政務の実権を持つ天皇、上皇）としては想定されておらず、天皇には相当の不満があったと思われる。

父である後宇多法皇との仲も良くなかったといわれているようだが、自然、次第に後宇多法皇の皇位継承計画を承認している鎌倉幕府への反感にもつながっていく。

そして史実としては、一三二一年（元亨元年）、この予定が覆り、後宇多法皇は院政を停止して、突如後醍醐天皇の親政が開始されることとなった。

その親政についてであるが、後醍醐天皇はかつての延喜（えんぎ）・天暦（てんりゃく）の時代に憧れ、醍醐・村上天皇の善政を理想とし、国家の中興を目指したという。

その為、在世のときから〝後醍醐〟と称し、その意思を継いで往時を復古する目標を持った。

そしてその復古主義を支える思想として、後醍醐天皇には宋学から受けた政治哲学があった。

宋学は儒教の朱子学を基本に置いている。

朱子学は儒教の新しい一派、体系であるが、自己と社会、自己と宇宙は、理という普遍的原理を通して結ばれていると考えており、国家と個人のあり方について解明することにより人としての生き方を示す学問である。

そのような原理主義的でイデオロギー重視の側面を持つことから、朱子学は現実を否定的に捉えることもままあり、また儒教的な立場から、本来棲み重なった歴史自体を根本的には否定することがないため、結果としては復古的な政治活動に繋がり易いものであったと思われる。

南宋は異民族からの侵略を受けたことにより、中華思想の伝統を守り他民族の脅威をはねのける為にも、国威発揚のイデオロギーとしての宋学を発展させたのである。

ちょうど後醍醐天皇にとっても、延喜・天暦の時代、醍醐・村上両天皇の政治を理想とする立場を支えるのに望ましい思想体系であったと言える。

また同時に、宋学が中国の王朝を支える思想であることから、これに影響されることにより、中国皇帝の「一君万民」の専制政治に対する親和性を抱いていくことになるのもまた自然な経過となったであろう。

次に儒教とは別の仏教との関係であるが、後醍醐天皇は真言密教に造詣が深く、また治天の君としては大変珍しいことであるが、自らが加持祈祷まで修したという。

この後醍醐天皇の密教への傾倒も、歴史の流れを大きく変えることとなった。

先に元亨元年、後宇多法皇は院政を停止して後醍醐天皇の親政が開始されたと述べたが、その時期、タイミングについてであるが、天皇の親政はまさに既定の皇太子邦良親王が成人して皇位につくべき時期に開始された。

全くの予定変更である。

この理由に関しては様々な説がある。

父後宇多法皇の仏道修行の為であるという説、後宇多法皇からの退位を促す圧力に対しての後醍醐天皇による法皇への反発であるという説、大覚寺統側による持明院統側からの皇位委譲の要求をかわすため、この場合は後宇多法皇と後醍醐天皇の政治的利害が一致したという説など様々なものが存在するようであるが、ここで特に注目したいのが、仏教における、後宇多法皇の真言密教への深い傾倒ぶりと密教の師（阿闍梨）としての後醍醐天皇への影響である。

京都の仁和寺は、世界文化遺産にも登録され、現在も有名な観光スポットである。

本坊である御殿内宸殿前の北庭から見る、五重の塔を借景とした景観は、特に紅葉の時期には絶景で有名であり、テレビや京都の観光パンフレットにも度々登場する。

この仁和寺の宸殿には肖像画の掛け軸が掛かっており、そこでは僧侶姿の宇多法皇が描かれている。仁和寺の開基はその宇多帝であり、出家後「御室」と言われる僧坊を建てて住んだ為、同寺は「御室御所」とも呼ばれた。

やがて後嵯峨天皇の後、両統迭立の時代に入り、仁和寺は持明院統の皇子が法親王として入寺し、「広沢流」という真言宗の密教の法流を伝授する由緒正しい格式の寺院となっていたのである。

そして、その持明院統に対しては、対立する存在であるはずの大覚寺統の帝である後宇多法皇についてである。

後宇多法皇はおそらく密教において、到達した境地は過去最高のレベルを極めた帝であったと思われる。

何故かというと、以下の仏道修行の経過が最もそのことをよく説明してくれるものとなる。

一三〇八年（徳治三年）、後宇多法皇は対立する持明院統に所属する仁和寺の「広沢流」の伝法灌頂を受けた。そしてさらに同年に醍醐寺の「小野流」の伝法灌頂も受けた。

真言密教の二大法流を正式に伝授された後宇多法皇は、弟子に正式な伝法灌頂を伝授する阿闍梨（密教の師）として活躍したという。

後宇多法皇は自身の皇子である性円に伝法灌頂を授け、そして後醍醐天皇は自身の実弟でもあるその性円から灌頂を受けたという。

つまり後醍醐天皇はもちろん後宇多上皇の皇子ではあるが、密教においても法孫、孫弟子ということになる。

また、後醍醐天皇は既に東宮時代に後宇多上皇の御所において、醍醐寺の道順から灌頂を受けていたという。

ちなみに道順の高弟が、神奈川県の清浄光寺が所蔵する有名な後醍醐天皇肖像画を制作した文観である。その肖像画では、空海が唐から持ち帰ったという袈裟を着用し、密教の法具を持つ僧形の後醍醐天皇の姿が描かれている。

つまり、後宇多、後醍醐の父子は対人関係としては、どちらかと言えば険悪であったと言われるのであるが、個人的な感情論を越える価値観として、後宇多法皇にとっては皇統のみならず、阿闍梨としての伝法を受け継いでいる後醍醐天皇へ皇位継承を望むことは、右の経過を考えれば、ごく自然に起こり得る選択であると思われる。

後宇多法皇の遺言状に基づき、後醍醐天皇は始めから兄後二条天皇の遺児である皇太子邦良親王が成人して皇位につくまでの中継ぎとして位置づけられていたというが、どちらかというと、その内容自体は後宇多法皇の父である亀山上皇の時代からの、大覚寺統側に有利に皇位継承を進めようとする政策、意思を受け継いだものが遺言状に強く反映したものであるという印象を受ける。

後宇多、後醍醐の父子は、生理的には肌が合わなかったのであろうが、仏縁がお互いの結びつき、それこそ「結縁」を強める結果となった。

密教を離れて、さらに大きな仏教徒としての立場から後醍醐天皇を見た意見として、先の肖像画に描かれる後醍醐天皇の姿は聖徳太子を重ねた姿であるとか、後醍醐天皇の行動に関しては、聖徳太子の生まれ変わりと言われる聖武天皇を意識した行動であるとも言われている。

天皇は、西大寺が進めていた国分寺の復興事業を支援したという。国分寺造営といえば、奈良時代に聖武天皇の下で始められた国家的な仏教事業である。

筆者の拙著『太子と馬子の国』において、聖武天皇の晩年の行動として聖徳太子から影響を受ける姿を描いているが、後醍醐天皇の思想に右記の復古主義的な政治思想があったとすれば、現実的には醍醐・村上両天皇の善政を目標に掲げていても、過激な心中では当時は既にタブーであった、聖徳太子や聖武天皇のような、皇統による神仏習合までもを思い描いていた時期もあったのではないかと思われる。

しかもさらに後醍醐天皇の場合、聖武天皇のように〝三宝(さんぽう)の奴(やつこ)〟として仏に仕えるのではなく、天皇が治天の君としてそのまま仏道にも通ずるという姿を思い描いたのではないであろうか。

同著において、日本史における（上皇を除く）天皇の神事優先の原則の流れを総括する表現として、「聖武、称徳天皇以後、政教（仏教）分離が基本となった」と記述したが、史上、この表現を最も怪しくさせる行動をとった人物も、まさに後醍醐天皇であるということになると思われる。


現実的には、公には密教徒としての僧形で現れることはなかったので、加持祈祷を行ったとしても、それは表には見えない裏の姿、後醍醐帝の影の姿として、ぎりぎり留まることとなったのであろう。

またこれには、後醍醐天皇は後には多忙な政治活動に追われた為、仏教者、密教徒としては、真言密教の書も著し、壮絶な高野山参詣で弘法大師空海を思わせる生き仏になりかけた伝説を持つ、父の後宇多法皇を、さらに越える仏域にまでには修達できなかったことも一因にはあるかと思われる。


そして無事治天の君となった後醍醐天皇の鎌倉幕府との関係である。

元寇以後、新たな恩賞を十分に与えることができない鎌倉幕府は御家人の所領のみならず非御家人の賦役の管理に権限を伸ばし、このことが朝廷の権限確保にも刺激を与えることとなっていた。

このことは、朝廷の権勢に敏感な後醍醐天皇を当然刺激することとなったであろう。

後醍醐天皇にとっては、幕府が荘園の番人を越えて存在するこの段階に至っては、「幕府自体がそもそも必要ないのではないか」という原理的な思いが日に日に強くなっていったと思われる。

自身の皇位継承に関してはもちろんであるが、次第に全般的に幕府の干渉を受けること自体に拒否感を募らせていった。

「本来皇統の継承、朝廷の政（まつりごと）に幕府、北条得宗家が指導的、承認的立場を持つのはおかしいであろう」

後醍醐天皇はそう考えていた。

そしてこの点に関して、武家では足利尊氏こそが、後醍醐天皇と同じ感情を共有していたと思われる。

後醍醐帝と尊氏は同様に兄の早世により予定外の嫡流を受ける立場となった。

しかもそれは、お互い、鎌倉幕府の承認の下で行われた。

二人とも幕府を動かす得宗家に対しては、同様の疑念を抱く感情を持ったとしても全く不思議ではない。

後醍醐天皇と足利尊氏の認識としては、「北条家は、本来主筋である源氏の嫡流筋である足利家を単に御家人として扱い、さらにその尊属（族）であった最大の貴種である天皇家における皇位継承にも干渉を及ぼしている」ということである。

「本来主である者が臣になり、臣である立場の者が主におさまっている……」

後醍醐帝と尊氏は、鎌倉幕府の治世が〝逆向きの階級闘争を志向している〟という価値観を共有していた可能性があったと思われるのである。

母清子

足利尊氏の母は、上杉清子である。

上杉清子は尊氏の父、足利貞氏の側室であるが、幼少時の尊氏と清子との関係についての詳細な史料に関しては、正直乏しいのが実情である。

清子の父は上杉頼重（よりしげ）で、頼重は京の公家の血（観修寺流藤原氏）を引いていた。

上杉家は、頼重の父上杉重房（しげふさ）の時代に鎌倉幕府六代将軍となる宗尊（むねたか）親王（後嵯峨天皇の皇子）に供奉（ぐぶ）して関東に下向した。足利氏と姻戚関係があったことから重房は、公家の立場から自ら望んで武家となり、足利泰氏の時代に足利家の家臣となる道を選んだという。

清子の父の上杉頼重も当初は京の蔵人（くろうど）として公家の立場にいたが、後に父重房に倣い足利氏との関係を強め、足利氏の政所の筆頭奉行となり、娘の清子を足利貞氏に嫁がせた。

そして、尊氏、直義兄弟が生まれたということである。

尊氏の生誕地には諸説あり、綾部説（漢部とも。京都府綾部市上杉荘）、鎌倉説、足利荘説（栃木県足利市）の三説があるようである。

はっきりとした生誕については分からないが、右の上杉家の活躍から鑑みれば、京都と鎌倉には深い縁があったと思われる。

綾部市に関しては清子の実家上杉氏の本拠である。

おそらく足利荘には訪れていなかった可能性が高いであろう。


尊氏の生母が京文化の影響を強く受けた上杉家の娘であることは尊氏の人格形成に大きな影響を与えたことであろう。

自然、尊氏は清子から、深く京の文化の影響も受けて育ったはずである。

述べたように、京の文化圏で育てられた可能性もあったであろう。


そのように、母清子は京文化の影響が強く、天皇への興味、関心も高かったことと思われる。

後醍後天皇の時代においても、天皇の秘書的な仕事を司る蔵人頭や蔵人にも、吉田家、万里小路（までのこうじ）家、中御門家、甘露寺（かんろじ）家など、尊氏の母清子の実家である上杉家と同じく、観修寺流藤原氏の系統である公家が登用されていたという。

つまり観修寺流藤原氏は、公家、武家ともに血統を広げていった氏族と思われる。

清子は尊氏の幼少時から、重ねて言い聞かしていたであろう。

「又太郎や、いわばそなたはお上（天皇）のお子なのじゃよ」

先祖が天皇の血を引く源氏の嫡流であることは、やはりこの時代、特に京文化の影響を強く受ける上杉氏にとっては、とても大きな意味を持つことであったであろう。

尊氏は母からの多大な愛情を受けたと想像される。

尊氏からは、母から愛された者の雰囲気が溢れる人物像がある印象を受ける。

どちらかというと、同じ清子の子である弟直義からは、そのような印象を受けない。

母の愛情に対する感受性の違いもあるであろうが、逆に尊氏からは、自身に対する母の愛情や関心の強さを感じてもいたのであろうか、直義に対して申し訳なく思っているとさえ感じとれるほど、弟に対する気遣い、配慮を感じさせる。

弟直義よりも母からの愛情を受けたという認識があったのかもしれない。

また、純粋に母から見ても、又太郎（尊氏）の性格は可愛く映ったことであろう。

尊氏と直義の母清子に関する直接の心情を描いた史料はみられないが、概ね次のような兄弟での会話があったのであろうか。

尊氏が直義に詫びた。

「母上がいつまでもおぬしより年上のわしにかまっているのは、まことに申しわけない」

それに、直義が答えた。

「そのことはそれで全く御気にせずともけっこうですぞ、兄上。兄上には立派になってもらうことが私にとっても望むことです。母上が終始兄上のことで多事に追われるのは、足利の家としても当然のことなのです」

直義という男は兄が受けた厚遇に対する自身の羨望や嫉妬心をそのまま心中に取り入れることをするような人物ではなく、それらのものを世の中の原理として観念的に再構成する、昇華的な思考化ができる能力を持っていたと思われる。

結論としては、「まさに将軍と言える人物は、兄上のような人望のある人のことを言うのだ。それを最もうまく支えるのが自分の役目と存在意義だ」という足利家の発展にとっても望ましい、まさに昇華した信念が造成されていったと思われる。

直義の頭の中では若い頃から、兄尊氏と自分の立場に関しては合理化されていた。

尊氏には母清子から、この国は天皇の国であること、またつい昔の頃、北条氏の力により後鳥羽上皇が隠岐に流されて以来、この国では順序が逆になり、武家が天皇を支配するようになり、さらにその武家の中でも最も名門であるはずの足利が下位であるはずの北条の支配を受けていることを説明された可能性がある。

また清子が力説せずとも、縁者である公家からも後醍醐天皇の鎌倉幕府への不満という形で、京から又太郎（尊氏）の耳には朝廷の内情が伝えられる形にはなっていたであろう。

また後醍後天皇は六波羅探題の役人とも接触を持っており、六波羅の武家官僚を通じても、天皇の動きについては随時尊氏に情報が流れていた可能性が高い。

尊氏は他人の主張に関しては、弟の直義のように一度自分自身の中で消化して自身の思考原理として再構成するというようなプロセスを経ることもなく、そのままの形でその人の意見として尊重し、場合によってはそのままの形で自身の意見としてとり入れる傾向が見られたと思われる。

「母上、それはおかしいのではないか」

歴代の足利の当主とは異なり、母親から北条の血を受け継いでいない尊氏（同じく例外としては、有名な〝置き文伝説〟のある尊氏の祖父、足利家時も母が上杉家の娘である）は、母から受け継いだ右のような歴史観が伝承され易い環境にあったものと思われる。

しかし、生来温厚な又太郎（尊氏）は、それを周りに喧伝するようなことはなかったであろう。

「それにしてもおかしい世の中じゃなあ……」

内心腑に落ちない又太郎（尊氏）であったが、それを母以外の者には言葉として出すこともなかった。

しかも又太郎には腹違いの父貞氏の正妻の嫡子である兄の高義がいた。

「この世を正すのは兄の役目じゃ……。某のすることではない」

ところがその八歳年上の高義が、一三一七年（文保元年）又太郎（尊氏）が十三歳のときに亡くなった。

　突然、自分が源氏の棟梁となるべき資格のある立場となった。

　早速十五歳の時元服し、従五位下治部大輔に任じられた。

　この時、北条高時の偏諱（へんき）を賜り足利高氏と名乗った。


「兄ではなくて、某が……」

「武家の棟梁として何をするべきか……」

「そうだ！」

　高氏（尊氏）は母清子から聞かされていた、足利の家としてもっともやらなければいけないと聞かされていた使命を思い出した。

「その日が来れば、この国をもとの秩序ある国に戻さねばならない。

　その日が来れば……」

　高氏（尊氏）の秘かな決心はこの時から、日に日に強いものとなっていったのである。

討幕運動

後醍醐天皇がついに動いた。

まず、一三二四年（正中元年）に最初の討幕の計画を立てたが失敗。

この時は側近日野資朝（すけとも）、俊其（としもと）が責任を負うことで、天皇は討幕運動と直接関わりがなかったこととされた。（正中の変）

そして一三三一年（元弘元年）四月にも再度計画するも、側近吉田定房の密告により発覚し、この計画も失敗に終わった。（元弘の変）

実はこの元弘の変の時、幕府に捕らえられた僧侶仲円の身柄が、高氏（尊氏）の父足利貞氏に預けられたという。

貞氏自身は北条得宗家からの覚えもめでたく、母も正室も北条の血を引く女性であり、北条高時からも信頼（と強要か）されて仲円を預けられたことであろう。

貞氏自身は心労も強かったのか、経年「物狂所労（ぶつきょうしょろう）」を患っていたとのことであり、精神的には不安定であったと言われている。

心労の具体的な内容や原因については記されていないが、以下の推測はされるであろう。表面的には北条への忠節が目立つ貞氏であり、その点から言っても、嫡男高義を失ったことは北条一族との円滑な関係を続けるにおいてはかなりの痛手であっただろう。

そして貞氏の父足利家時は、子孫三代のうちに足利が天下を取ることを願い、〝置き文〟を遺し、自刃して果てたと伝えられている。

貞氏は、足利の覇権を願う父の意向と北条家への忠節との間での板ばさみに悩んだ可能性は極めて高いのではないかと思われる。


この心労も影響したのか、この年（元弘元年）の九月、五十九歳で父貞氏が亡くなり、高氏（尊氏）が家督を相続した。

高氏（尊氏）が家督を継いだ時、ちょうど後醍醐天皇は笠置山（かさぎやま）に籠城していた。

しかも、幕府から高氏（尊氏）に対して、父貞氏の喪中に、赤坂城に籠もる楠木正成と笠置の後醍醐帝に軍を動員するように命じられた。鎌倉幕府からの命で足利軍の大将として上洛、出陣することになったのである。

幕命を受けて進軍した高氏（尊氏）であったが、状況はともかく、源氏の棟梁たり得る高氏がこの最初の命令に対して、これまでに述べた彼の生育過程から推考すると、

「帝を捕らえるなどとんでもない。逆に、救わなければならない」という、彼の父である足利貞氏で

あればとても考えられないような尊王の強い思いが心中を大きく占めたとしても不思議ではない。

結論的には、高氏（尊氏）の幕府に対する反発心をさらに強める結果になった可能性は高い。


同九月には幕府の奏請により光厳天皇が践祚し、笠置は同月内に幕府方の攻撃に陥落したという。

後醍醐天皇は捕えられたのである。

この後、高氏（尊氏）はこの結果に内心満足していなかったであろうと推測される行動をとる。

十一月に高氏（尊氏）は任務を終えて鎌倉に戻ることとなるが、実はこの時、高氏は新しい光厳天皇の朝廷には暇乞いをしなかったという。

「やっぱり、真の帝は未だに、後醍醐天皇ではないか。今の帝は北条殿が決めただけではないのか……」

高氏（尊氏）の胸中にはそのような思いが巡っていた可能性が高い。

また高氏（尊氏）の気持ちを支持するかのように、楠木正成等の後醍醐方の抵抗も続いていた。

「その時が来れば、いざ後醍醐天皇に……」

その頃既に、高氏（尊氏）の心がそこまでも定まっていたとしても不思議ではない。

そして、後醍醐天皇は翌一三三二年（元弘二年）、承久の乱の後鳥羽上皇と同様に謀反人として隠（お）岐島（きのしま）に流罪となった。

同年高氏（尊氏）に従五位上が叙され、幕府も高氏の出陣の労をねぎらった。

幕府としては若い高氏（尊氏）は、これで納得するものと思ったであろう。

「若い足利殿もこれで静まるであろう。

後は、我ら北条一族の奥方（赤橋登子）、と世継ぎ（千寿王）に目を光らせ、手元に置いておけばよかろう」

北条高時や得宗家の執事（内管領）の長崎高資は、高氏（尊氏）に対して父貞氏と同様に恩賞を与え、その見返りとして幕府への強い忠節を求める態度に出た。

しかし高時や高資は、貞氏と高氏（尊氏）の間における心中の壁があるような決定的な差、すなわち「心の持ち様」の根本的な差に対しては正直認識が欠如しており、高氏の真の心の底まで読みとることはできなかったと思われる。

結果、後にとてつもない結末に自らを追い込むことになってしまう。


配流後も後醍醐天皇は諦めなかった。

この時期は、後醍醐天皇の皇子である護良親王、河内の楠木正成、播磨の赤松則村（円心）ら反幕勢力（いわゆる悪党）が各地で活動していた。

彼らの活動が後醍醐天皇を支えた。

そして遂に後醍醐天皇は、三度めの討幕運動を再開した。

一三三三年（元弘三年、正慶二年）二月、後醍醐帝は隠岐島を脱出。伯耆国船上山に挙兵、籠城した。

足利高氏（尊氏）は再び幕命を受け、西国の討幕勢力を鎮圧するために名越高家（なごえたかいえ）とともに幕府方の司令官として上洛することとなった。

元弘の変の時の進軍命令で、既に北条高時や長崎高資に対しては強い反発心を抱いていたと思われる高氏（尊氏）であったが、表面上は鎌倉御家人の立場から、丁重に申し出た。

「妻と子を連れとうございます」

このとき、高氏（尊氏）は妻登子、嫡男千寿王（後の足利義詮（よしあきら））を同行しようとしたが、幕府はこれを認めず、二人を鎌倉に残留させたという。

事実上の人質である。

鎌倉幕府側も、度重なる高氏（尊氏）の行軍に関する注文に対して、この時には相応の警戒心は抱いていたものと思われる。

「今度の足利の若い当主は、我らとも血の繋がりが薄い」

「気をつけなければなるまい。人質を取っておいた方がよかろう」

逆に言えば北条高時や長崎高資としては、人質をとることで安心できる範囲の反逆心と読んでいたのかもしれない。

しかし高氏（尊氏）の反逆は、単なる個人的な反発心を越えて、史的な大義名分、正義感を伴う、高時や高資が考えていた以上の根深い、厄介なものであった。

これは、父の足利貞氏の時には全く見られなかった心理現象である。

そして遂に、鎌倉幕府にとって、とんでもないことが起こった。

緒戦で大将名越高家が戦死したことを踏まえ、既に三河国矢作（やはぎ）で後醍醐帝の討幕の綸旨（りんじ）を受けたといわれる高氏（尊氏）が態度を変え、後醍醐帝の討幕運動に呼応し、ついに天皇方につくことを決意したのである。

これには母清子の兄である上杉憲房（のりふさ）の進言が大きかったとも言われている。

同一三三三年四月二十九日、丹波国篠村八幡宮（京都府亀岡市）で高氏（尊氏）は反幕府の兵を挙げた。

源氏の棟梁として全国の武士に檄（軍事催促状）を飛ばしたのである。

同年五月七日に早速、高氏（尊氏）は洛中に入り、六波羅探題を陥落させた。

高氏（尊氏）は二年前の上洛の時に当然、六波羅探題の武家官僚に対する顔見せは、既に済ませていたものと思われる。

六波羅探題は速やかに高氏（尊氏）の下に収拾されたようである。

六月五日、後醍醐帝は船上山から京都に還幸。

皇位に復帰し、天皇による新しい政治が行われることとなった。

そして翌年、「年号は建武」と改元された。

いわゆる有名な建武の新政が始まるのである。

改めて、高氏（尊氏）が反旗を翻した理由について考えてみたい。

まず先に述べたように、母清子らとの繋がりの中で培った幼少の頃からの考えに拠るところは大きかったと考えられる。

そもそも安易に鎌倉から天皇を征討する軍の司令官に任命されることについては、高氏（尊氏）にとって極めて不本意なことであったと思われる。

述べたように、足利家といえば源氏の嫡流に繋がる血筋であり、いわば高氏（尊氏）は〝天皇の子〟である河内源氏の血統の子孫である。

天皇に刃を向けることは最も忌むべきことであり、正直露骨にその役目を任ずる北条家に対し、ある種デリカシーのなさを感じ、立腹した事実はあったであろう。

さらに、『太平記』に描かれる人物像を信用するならば、時の北条高時の今までの得宗家当主にない奔放な性格、趣向が、討幕の運動に勢いを与えてしまった可能性がある。

高時に関しては病弱を理由に途中で執権を辞職しているが、どちらの面から見ても、幕政のトップとしては資質において欠けていたと言わざるを得ないであろう。

この要因も歴史の流れに作用した可能性が考えられる。

権力への執着との引きかえに、質実、剛毅を貫くというのが北条氏伝統の美学、処世術であった。特に北条泰時は善政の誉れも高く、鎌倉幕府創建初期の血生臭い時代のイメージを一時は払拭し、実際衆目からも疑いのない尊敬の対象に映っていた。

しかし『太平記』に描かれているような北条高時の人物像は、明らかにそのイメージからは外れている。高時の政治的才覚を積極的に否定するまではないが、ともかく、個欲、我欲が強い人物であったということになる。

高時は田楽や闘犬に興じていたとのことであるが、洋の東西を問わず、この種の個欲が強い為政者は相対的に歴史的な評価は低い。

古くは中国殷の紂王(ちゅうおう)、ローマ皇帝のネロ、実在も疑問視されているが日本の武烈天皇のような暴君とされる君主はもちろんであるが、後の世のアメリカのアイゼンハウアーや日本の豊臣秀吉のように、成功を収めれば愛着の念を伴って評価されることもあるが、いったん失政を伴うと、洋ではフランスのルイ15世(刑死されたルイ16世の祖父)、日本では今川義元のような厳しい歴史的評価に曝される可能性がある。

北条高時は北条家の伝統からは明らかに逸脱するタイプの当主であったようである。

高氏(尊氏)は自身の歴史的評価にはとりたててそれを高めたい欲があったとは思われないが、史的な客観性を理解することには優れており、北条得宗家優位の幕府政権には疑問を抱いていたであろう。

それどころか、当時はさらに、得宗家の家人筋である執事（内管領）の長崎高資が幕府の実権を握っていた。高氏（尊氏）の疑念はさらに深まったであろう。

また、高氏（尊氏）は性格的にも我欲を前面に出す性分ではなく、価値観に加え、生理的、性格的な面からも北条高時のような人物とは生来肌が合わなかったであろう。

世代的にも高氏（尊氏）とほぼ同世代であり、父の貞氏と比べても、かえって人間性や性格の違いから生じる高時への反発はより強かったかもしれない。

討幕時、高氏（尊氏）は京に進軍しており、直接鎌倉を攻めたのは新田義貞であった。

上野国から討幕の兵を興した新田義貞は利根川を越え、足利高氏（尊氏）の嫡子千寿王（後の足利義詮）の軍と合流した。

わずか百五十騎で始まった新田軍は数万単位に膨れ上がったという。

この時、遠い新田一族である山名氏も、千寿王の配下として討幕軍に参戦している。

全くの無名の存在であった新田義貞に時の勢いが加わり、また稲村ヶ崎での伝説的な采配などが重なり追風となり、事態は一気に討幕に傾いた。

そして一三三三年五月、新田軍は鎌倉を陥落させて北条氏を滅亡させた。

源氏の嫡流として挙兵した高氏（尊氏）。

高氏（尊氏）こそが、鎌倉で北条の後継を自ら行うことを宣言しても全くおかしくない状況ではあった。

しかし高氏（尊氏）はそうしなかった。

「わしは同じことは繰り返したくはないのだ」

鎌倉で朝廷とは距離を置いて武家政権を営む方策も十分にあり得たが、それよりも〝天皇の子〟である自分は、京都に行って国のあり方を正しい方向に戻す使命があると考えていたと思われる。

ちなみに、それに対して、弟の足利直義は北条氏同様、最終的には鎌倉に政権を布く方がよいと考えていたようである。


高氏（尊氏）には〝保守的に革新事業〟を行う才能があったと思われる。

それは象徴的には、新政権（翌年からの建武政権）において、元弘三年八月五日、名を同じ〝あしかがたかうじ〟ながら、一夜にして足利高氏から足利尊氏に変えたことにも現れている。

その高氏（尊氏）の〝保守的な革新事業〟が六波羅探題陥落後にも一夜にして行われた。

先にも述べたように、高氏（尊氏）はあっさりとそのまま、六波羅探題の主になっていたのである。

鎌倉の時、そして二年前の上洛の時から顔なじみであった役人も多数残っていたのが大きかったであろう。

このあたり、高氏（尊氏）の毛並みのよさ、高貴な血統に生まれたことによる人心掌握力を感じさせる出来事である。

早くも〝京の主〟となった高氏（尊氏）であるが、後醍醐天皇にとって、特に天皇の周りの側近や同じく討幕の功労者である護良親王には面白くない感情を抱かせることになったであろう。

自然、高氏（尊氏）の思惑とは反する方向で、後醍醐帝から高氏を遠ざける政治力動も働いていくこととなる。

六月、後醍醐天皇は、恩賞方を設置したという。

しかし、それは特に元御家人の武士に対しては十分に機能することは見られなかった。

武士にとっては、高氏（尊氏）の証書が最も効力のある褒賞（ほうしょう）となっていったのである。

建武の新政

一三三三年（元弘三年）五月、北条高時は自刃し、鎌倉幕府は滅亡した。

鎌倉幕府の滅亡後、高氏（尊氏）は後醍醐天皇から勲功第一とされ、六月、従四位下に叙され、鎮守府将軍左兵衛督に任じられ、また三十箇所の所領を与えられた。


同年八月には、さらに従三位に叙され、武蔵守を兼ねた。

高氏（尊氏）はついに公卿の身分となったのである。

そして、天皇の諱（いみな）尊治から「尊」の字の偏諱（へんき）を受け、「足利尊氏」と正式に改名した。

翌一三三四年（建武元年）には正三位、参議に叙された。


しかし尊氏は、自身の官位や恩賞には正直、それほど興味がなかった。

それよりもまず、間接ながら主君の北条高時の終焉に手を貸してしまったことで、正直尊氏は複雑な心境に陥ったことであろう。

「わしは国のあり方は正したが、直接の主を裏切ったことになるのか……。

父上は、あれほど北条との関係には骨を折られていた……」

足利家の独立と北条家への報恩という両合い立たない現象の間の狭間でいつも悩んでいた父貞氏の気持ちが今までになく分かるようになった。


また、新たな懸念も生じていた。

鎌倉幕府の終焉の直接の大きな要因となった尊氏の討幕派への転身は、論功行賞ではもちろん大きく認められてはいたが、直接討幕軍を進めたのが尊氏軍ではなかったこともあり、朝廷から、討幕の功績そのものに関しては、新田義貞と並列されて見られる存在となってしまった。

討幕軍を主導しなかったことで、北条氏との近縁ながら鎌倉幕府を滅ぼした直接の主君への謀叛者というレッテルからは遠ざかることはできたが、反面、下手をすると新田義貞に武家の棟梁の地位を脅かされる可能性のある存在となったのである。

まだ鎌倉幕府が在ったときには、足利家にとっては気にもかけない弱小の存在であったはずの新田義貞の存在が、同じ源氏の血統を引く存在として、突如歴史の表舞台に現れることとなったのである。

述べたように足利尊氏は、鎮守府将軍に任じられ、旧北条領の多くを恩賞として与えられた。

しかし、尊氏は建武政権では要職には就かなかったという。

世間ではこのことを「尊氏なし」と評したようである。

この「尊氏なし」という『梅松論』の表現から、次に挙げる様々なことが推測される。

まず、世間における足利尊氏の知名度の高さ、人望についての評価が推察される。

源氏の嫡流を受け継ぐ足利家の存在と言うものは、武家社会が確立していた当時、既に確固たるものがあったのであろう。尊氏ほどの人物が政権内に居ないことに、世間では違和感を覚えたのであろう。

そして、足利方からの判断として読み取れることがある。

おそらく弟直義の政策であった可能性が高いと思われるが、将来将軍になるであろう尊氏が、あえて政権の一齣（こま）として働かせされることを避けたという足利方の思惑があったのではないかということである。

それ故、尊氏ではなく家臣を建武政権に送り込んだということである。

そして、右の足利方の判断と、これに関しては合わせ鏡的な見方であるが、後醍醐天皇やその側近も、尊氏を政権内に入れることを警戒し実権を行使されることを恐れたという状況もありそうである。

一三三三年（元弘三年）五月、後醍醐天皇は自らの譲位自体がなかったことを明らかにし、光厳天皇の即位や在位も否定した。

当然、光厳朝で行われた人事も無効になり、幕府、院政、摂政関白などの旧来の制度を廃した新政を開始することにした。

また、持明院統のみならず大覚寺統の嫡流である邦良親王の遺児たちをも皇位継承から外し、本来傍流であったはずの自分の皇子、恒良親王を皇太子とした。

父後宇多帝の遺言を反故にして、自らの子孫により皇統を独占する意思を明確にしたのである。

六月に帰京した後醍醐天皇は、旧領回復令を出した。その内容は、「土地所有権の変更は綸旨（天皇の許可）による」というものであった。

これまでの武家社会の掟は、「土地を二十年以上継続している場合、その土地の所有権は不変である」というのが通例であった。

後醍醐天皇の旧領回復令は、「御成敗式目」などで決められた武家社会の慣例を無視したことになる。

この命令以降土地訴訟が爆発的に増加し、政務の大停滞を招いたという。

一方足利尊氏は、六波羅探題を攻略した後奉行所をおいて、京都の治安維持や武士の統制を行っていた。朝廷の政務が停滞すると、これを予想していたように、尊氏は武士の戦功報告を受け、「承了判」という証文を与えだしたという。

この証文が武士にとっては最も効力のある存在となっていたのである。

建武政権においては当初、元弘三年六月、護良親王が征夷大将軍に任じられた。

これに関しては、後醍醐天皇は積極的にこれを認めたものではなく、自らを将軍と称する新政権樹立の功労者であった護良親王の立場を認めざるを得ずに、なかば不本意ながら追認したものであった。父後醍醐天皇との不仲もあり、早々と八月頃には護良親王は征夷大将軍の位は剥奪されている。

この事実の持つ意味も大きいと思われる。

後醍醐天皇は天皇中心の親政をうち出しながら、一方皇子である護良親王を自身の政治体制に組み込んで使いこなすことができなかった。

護良親王が後醍醐天皇の寵姫阿野廉子（あのれんし）の皇子でなく、天皇とは不仲であったことが理由としてもあげられているが、これは建武政権のイデオロギーとは直接関係のない理由である。

護良親王は自らが征夷大将軍に就いたことにも表れているが、全国の武家を自ら接収し、実権を握ろうとしたものと思われる。

確かに後醍醐天皇にとっては、自らの親政には目障りな存在であったであろうが、現実的には護良親王を立てることができれば、自分の理想に近い現実との折衷案としての政策が可能な後醍醐政権を樹立できたかもしれない。

護良親王の脱落も建武政権にとっては大きな痛手であり、同政権の限界を象徴する出来事となったと思われる。

尊氏は当初、鎮西警固(ちんぜいけいご)を担当していた。

職責もあり、この頃から尊氏と大友、阿蘇、島津など、九州の武将との交流が始まったものと思われる。

建武政権の停滞とは裏腹に、足利尊氏による全国の武士の掌握は着々と進んでいたのである。


翌一三三四年、建武元年と改元になった。

しかしこの改元は新たな動乱の始まりを意味するものとなってしまうのである。


まず、先ほど述べた護良親王に関しては次のような事が起こった。

建武元年六月七日、護良親王は尊氏の屋敷を襲う計画を立てたが失敗に終わった。この結果十月、武者所の手により親王は捕縛されることになった。

この護良親王の捕縛に関しては、尊氏、直義兄弟が後醍醐天皇の寵愛する妃の廉子に護良親王の皇位簒奪の謀叛の企てを伝え、それが後醍醐側に伝わったという。

足利方の女性の心理の機微を捉えた上での行動であったと思われる。つまり、建武政権のイデオロギーよりも尊氏、直義の政治力、交渉力が上まった一幕であったと言える。

護良親王の身柄は、鎌倉に移された。

翌一三三五年（建武二年）七月、信濃国において、北条高時の遺児時行を擁立した諏訪氏を始めとする北条氏残党の反乱、いわゆる「中先代（なかせんだい）の乱」が起こった。

この時、後醍醐天皇の幼少の成良（なりよし）親王を奉じて鎌倉の統治に当たっていた足利直義は、武蔵国井出沢で時行勢を迎えるが、この戦いに敗れたという。

この結果、北条時行の軍勢は鎌倉を一時占拠することに成功した。


ここで足利直義についてであるが、とにかく直義は戦さによく負ける。

この井出沢の合戦に関しては足利方も南宗章を戦死で失うなど激戦であり、北条時行の軍には確かに勢いがあった。

そういう意味ではやむを得ない面があるが、直義は勇敢に緒戦に出る一方、今後も述べるが、かなりの確率で敗れていく。


そしてその反面であるが、同時に足利直義については、「ただでは負けない敗戦をする」ということも特徴的である。

この井出沢における敗北も、まずは京の尊氏を呼び寄せて、そしていったん北条軍に鎌倉を引き渡す代わりに、次に起きる仕置きを合理化しているようにさえ勘ぐりたくなるような展開を見せる。

この時、直義は鎌倉を脱出する際に独断で護良親王の命を奪ったという。

足利兄弟の天敵ともいえる親王を動乱の最中に討ったということである。


そして、尊氏は進軍において北条討伐の大義名分により、後醍醐天皇に征夷大将軍の任官を望んだが、その望みは叶わなかったという。

「やむを得ない……」

同年八月二日、がっかりした尊氏であったが、天皇の許可を得ないまま軍勢を率いて鎌倉に向かった。

「別のものは与えてやろう」

後醍醐天皇は、尊氏に征夷大将軍ではなく征東将軍の号を与えたという。


征夷大将軍には尊氏ではなく、鎌倉から京に戻った成良親王が任じられていた。

「また、そのようなことをなさる……」

尊氏は再び、がっかりすることとなった。

尊氏は直義の軍勢と合流し相模川の戦いで時行を撃破して、八月十九日には鎌倉を回復した。

直義の意向もあって尊氏はそのまま鎌倉に本拠を置き、独自に恩賞を与え始めたという。

足利方は朝廷からの上洛の命令も拒んで、独自の武家政権創設の動きを見せ始めたのである。

尊氏はこの時、足利と同族である斯波家長（しばいえなが）を奥州管領に任じた。

そして戦功のあった者へ、新田義貞の上野領も恩賞として与えたという。

事実上、足利の武家政権を創るという意思表明に他ならない行為である。

これらの政策に関しては、ほぼ足利直義の意図する政策であると考えられ、尊氏自身は、結果として後醍醐天皇の追認を賜ることを願ったことであろうと思われる。

「はやく帝に許しをいただきたいものじゃ……」

尊氏は切に願った。


同年十一月、やはりまだ尊氏には憚る気持ちがあったのであろう。尊氏は弟直義の名で各地の武士に新田義貞追討の檄文を発した。

当時の戦況に関しては、直義の作戦通りに進んでいる印象を受ける。

直義は、鎌倉に足利の幕府を創りたかったのであろう。


一方尊氏は、新田義貞を君側（くんそく）の奸（かん）であるとして天皇にその討伐を要請するが、朝廷では護良親王を勝手に処罰したことと天皇の許可を得ずに兵を集めたことにより、逆に尊氏討伐が決議された。

十一月十九日（二十一日説あり）、遂に、尊良（たかよし）親王を奉じて新田義貞を追討大将軍とする尊氏追討の命が出されたのである。

「何？　まさか。わしに帝が追討じゃと……」

尊氏は自分が朝敵となる思いもよらない決議に身が固まり、全く動くことができなくなった。

そして尊氏のこの大きな衝撃に対して、弟の直義は尊氏には慰めにもならないであろう言葉を投げかけた。

「兄上、朝廷で決議されたことはすべてわたしがやったこと。

よって兄上の責任ではない。

必ずやいつか、兄上の嫌疑が晴れる日が訪れることになるでしょうぞ！」

尊氏は呆然とした。

直義の気休めのような説明にかえって気分が最低にまで沈んだ。

かろうじて、目の前の直義にも届かないような小声を出すのが精一杯であった。

「そんなことは、どうでもよい……。

歴史に事実が、刻み込まれたのじゃ……。

何をしてもこれはもう消すことはできないのじゃ……」

尊氏は頭を抱え、一人、館に下がり、そのまま浄光明寺に籠もってしまった。

ここに建武の新政が終わり、事実上の南北朝の動乱の時代が幕開けることとなるのである。

その扉を開いた首謀者は直義であったであろうが、歴史上はあくまでも尊氏が開いたことになるのである。

後世、足利尊氏が「逆賊」の汚名を着せられることになった、大きな転機となった出来事であった。

奥州からは、朝廷の命で北畠顕家が南下を始めていた。

尊氏自身は朝廷に赦免を求めて隠居を宣言していた。

戦況に関しては、足利直義、高師直、師泰などの足利方が、駿河、三河の各地で敗北し、劣勢となると箱根に後退し、籠城することとなった。

尊氏のもとに直義らの苦境が報告された。

「直義たちが攻められているのか……」

「やむを得ん」

そしてここに及んで、ついに尊氏は、彼らを救うことを決意する。

この駿河国手越河原での戦いでもまた、直義は負けている。

まるで、尊氏を奮起させるためにわざとそうしたのか、手を緩めたのかと思うほどである。

『太平記』によると、尊氏は決起する直前に寺（建長寺）に籠もって元結を切り落とし、挙兵の際に味方の武士たちも皆尊氏にならって元結を切り落としたという。

まさに決死の覚悟である。

大いに戦意は高まったであろう。


同年十二月、新田軍を尊氏は竹ノ下、直義は箱根の戦いで破り、一気に京都へ進軍を始めた。この間、尊氏、直義は持明院統の光厳上皇と連絡を取り、今回の進軍の正統性を得る工作をしていたという。

尊氏直義兄弟にも、「完全な朝敵にはなりたくない」という心理は働いたであろう。

一三三六年（建武三年）正月、尊氏は入京を果たし、後醍醐天皇は比叡山へ退いた。


建武政権と尊氏の関係については、後醍醐天皇と尊氏との直接の人間関係よりも、後醍醐天皇自身のこだわるイデオロギーや、天皇の取り巻きと尊氏との間の確執が問題であったと思われる。

天皇のイデオロギーによれば、またそれを実践しようとする天皇の側近を中心とする取り巻きは、日本史上初めて日本を彼らが武士を統治する、中国のような文民統制の国にしようとしたのであった。

よって尊氏のような高貴な武士は、はっきりいって邪魔な存在であった。

もしこのときの建武政権が成功したならば、それはまさに革命であり、以後の日本も違った形の国になったであろう。

しかし、日本という国は建国以来、文民統制の国ではなく、尚武の国なのである。

そこが中国の歴代王朝とは明らかに異なる点であった。

はるか昔、朝廷は天武天皇のときに文官に自ら兵の鍛錬をさせた歴史があり、武人は天皇の直属の臣下であった。さらに源氏、平氏の誕生により、天皇の血を分けた子孫が武家の棟梁を務めたまぎれもない歴史があり、武人のその位、位置づけは高い。

すなわち、武人はこの国（日本）における貴種なのである。

この点が、軍隊を文官の支配下におく、中国の王朝とは明らかに異なる点であった。

特に後醍醐天皇に影響を与えた宋という国は、一種のイデオロギー国家であり、金など、他国の軍力、軍事国家の脅威に常に脅かされており、国家としてのアイデンティティーを保つ為にも、究極の皇帝崇拝と文民統制を認める国家理論を構築したのであった。


ちなみに中国王朝の軍隊のルーツはというと、統治能力が廃れ、徳を失い天から見放された前王朝に対して不満を抱いた反乱分子や流民が軍の主力であり、それらの大軍をまとめたのが易姓革命により天から徳を認められ、使命を帯びた、新たな王朝の皇帝であった。

よってあくまでも皇帝の指導力、徳によって軍はまとめられており、決して軍の指揮者や将軍は特別な血統や儒教的な価値は付与される存在ではなかった。

よって日本にこの中国のシステムを直接導入しようとすると、高貴な軍人を指導者とする軍事的な混乱、すなわち大乱が生じるのは必然の結果であったのである。

足利尊氏はこの点については、よく理解していたと思われる。

このように、イデオロギー的にも日本には馴染みにくい性質を持つ建武政権であったが、政策の内容としては、最近の研究では、その先進性があったと認められているようである。

政権は、鎌倉幕府の六波羅探題に所属していた武家官僚らの実務者も多く登用しており、後宇多帝統治時代からの朝廷の実務改革はさらに進んだ。

しかしそれでも、さすがに新たに加わった後醍醐帝を支えるイデオロギーを体現するには至らず、政治に具現化することはできなかった。

さらには、そのイデオロギーの理解においてさえ、政権内で十分に熟成し共有されていたものではなかった。

建武政権のイデオロギーに影響があったと考えられる『神皇正統記』の著者である北畠親房は、足利尊氏、直義兄弟に対する過分な恩賞（特に官位）等、建武政権の武家に対する妥協的な政策に対して批判的であった。しかし、親房はその反面、征夷大将軍を武家の棟梁が務めることまでは否定せず、尊氏の逆臣としての討伐にも反対していたという。

もともと北畠親房は後醍醐天皇の討幕運動には直接共に行動をとっていたわけではなく、彼のイデオロギーは後醍醐天皇の為にというよりは、むしろ先祖から忠臣として仕えてきた大覚寺統を支えるために磨きあげられたものであった。

よって親房は、相手が後醍醐天皇であっても、時には反対意見を率直に述べたという。この傾向は子の北畠顕家にも受け継がれ、後の足利軍との決戦前にも建武政権への批判を諫奏文として奏上したという。

天皇と護良親王との不仲、イデオロギーに秀でた北畠父子を手元におかず陸奥や東国に派遣し、イデオロギーの現実的な修正力に欠けたこと、そして足利尊氏との離反と、一定の忠臣と思われる有能な人物達を十分に使いきれなかった政権の姿が露呈するに及んでいったものと思われる。

要するに、後の室町幕府にかなりの程度まで引き継がれる政治改革を実現していたにもかかわらず、北条氏に代わる武家の統率者を決めずに（あえて武家の統率者を置かない現実的には無謀なスタイルが、建武政権の統治思想とも言える）見切り発車をしたため、中先代の乱における北条時行やその後の足利尊氏のような、各地の武士が自分たちの認める武家の統率者を掲げる乱を誘発してしまったということである。

述べたように、建武の新政は表面上復古的でもあり、内実としては中国的な天皇専制に近いものを目指したものと思われる。

『太平記』や『梅松論』に述べられているように、性急な改革、恩賞の不公平、臨時の内奏による朝令暮改を繰り返す法令や政策、貴族・寺社から武士にいたる広範な勢力の所領安堵を含めた既得権の侵害、そのために頻発する訴訟への対応の不備、もっぱら増税を財源とする大内裏建設計画、紙幣発行計画のような非現実的な経済政策など、その施策の多くが政権批判へとつながったようである。

以前鎌倉幕府が仲介して、寺社の修繕の報償として官位を与える「成功（じょうこう）」を拡大して官位を戦功に対する恩賞として授けることも行ったが、多くの武士は生活に困窮していることもあり、直接の土地への支配や権利を伴わない官位のみでは十分な恩賞とは捉えることはできなかったであろう。

建武元年八月に掲げられた有名な『二条河原落書』で「此比都ニハヤル物、夜討、強盗、謀綸旨」というものがその乱れた政治の象徴であった。


尊氏の入京、後醍醐天皇の比叡山への避難に話を戻す。

そのように、京に入り、建武政権からいったん権力を掌握した足利尊氏であったが、とてつもない実力を持つ軍人としてのライバルが現れた。

一三三六年（建武三年）一月、奥州から援軍に現れた北畠顕家の兵力により、尊氏軍は京から追われてしまったのである。

この功績により、北畠顕家は鎮守府大将軍の号を賜ることになった。

しかし逆から見れば、顕家のような忠臣、軍功がある者でも、建武政権では（親王でなければ）征夷大将軍にはなれないことが明確になったということでもあるであろう。

さらに尊氏は、二月十一日に摂津豊島河原の戦いで新田軍に大敗を喫したために戦線、戦略は完全に崩壊する。

尊氏は摂津兵庫から播磨室津に退き、赤松則村（円心）の進言を容れて都を放棄して九州に下ったという。

尊氏がいったん九州に下った理由を考えてみたい。

まず一つには、余りにも兵数が足りなさすぎたことがあげられる。

九州へ逃れた時、尊氏の手勢は僅か五百あまりであったという。

そして室津での軍議において分かっていたのは、播磨から周防、長門までの中国地方と四国に関しては足利方の抑えが効いていたということである。

各地には足利の一門の大将、もしくは足利氏に認められた守護の軍力が既に配置されていたという。

いったん中国に下がり、軍勢を回復することには、確かに利がある。

しかし、九州は割れていた。足利体制に靡(なび)いていない勢力の存在が多くあったのである。

尊氏は鎌倉幕府討幕の檄を出した時に、大友貞宗、島津貞久らの協力を要請して関係を深めようとしていたが、まだ足利一門の大将や息のかかった守護を九州、特に北部九州に置く状況にはなってなかった。

また、九州下向時に尊氏は筑紫の少弐貞経(しょうにさだつね)に自軍への援軍を要請していたが、貞経は大宰府近くにあった有智山(うちやま)城で菊池武敏軍に攻められており、直接の九州の援軍は望めない状況にも陥っていた。

兵を集め、西から憂いなく京に再度攻め上がるために、九州、特に北部九州の沿岸の勢力を支配下に置くということは、是非押さえておきたい要因と考えたのであろう。

また、ここで軍を九州に下向させた尊氏を軍人としての資質から見てみたい。北畠顕家に京を追われ、武将としては少し情けないイメージの尊氏であるが、ここでは尊氏の長所である、局地的な勝敗に固執しない、大局的な見方ができるという点に注目したい。

そして、さらに加え、次の現象にも目を向けてよいかと思われる。

それは皮肉な表現ではあるが、「尊氏は負けるときはしっかりと負けた、みごとに大敗北を喫した」という点である。

実は捲土重来を期す場合、残党の多い敗北はよろしくない。

しかし、多くの兵が敗北を知ると、戦いに恐れを抱いて士気の低下を招いてしまう。

将としては、敗戦の戒めを肝に銘じ、臥薪嘗胆をもって再起、捲土重来を期することは後の逆転に繋がる貴重な経験となるであろう。

そして何よりも拙いのは、敵の強軍を理想化して、さらにはそれを世間に喧伝してしまうという、負の情報戦を展開してしまうことである。

後の戦国時代、武田信玄はもちろん実力を十分に兼ね備えていたが、心理、情報戦略としても大いにこの現象を利用し、数多くの局地戦に勝利することにより、敵の残兵を大いに震えあがらせ、それを政治利用し、隣国に有利な立場を維持し続けた。

また勝敗に固執していないからであるが、尊氏は良きも悪しきも独自の軍の構成には全く執着することはなかった。

大敗北の後、多数の兵は散り散りと尊氏の下を去っていった。

そして、尊氏もそれが当然のことのように受け入れたのである。

そして当然のようにその後も、軍の構成、維持にも執着することはなかった。

「人望と権威があれば、人はまた集まってくる」

尊氏はそのことが最もよく分かっている大将であった。

この資質も軍人尊氏をもって、後に征夷大将軍ならしめた大きな要素となってくる。


そして北畠顕家の軍の強さは、まさに軍のその勢いにあると考えられ、尊氏の退却は対北畠顕家軍という構図でも、最も賢明な選択であったと言えるであろう。


少し余談でもあるが、この軍の構成に関する点であるが、尊氏の弟直義はそもそも軍を構成する能力に乏しく、逆に高師直は自軍の構成や撫育（ぶいく）にややこだわりすぎていた。

そして実は、北畠顕家と並ぶ尊氏のもう一人のライバルである楠木正成も、いったん負けることや、兵の引き方の重要性をよく知っていた。

建武政権末期の正成は、自身のこの勝利に導く合理的な戦略が後醍醐天皇の側近に認められず、孤独な立場を強めていくことになっていく。

『太平記』では、湊川の戦いの前、正成は後醍醐天皇に「新田義貞をいったん都に呼び戻し、帝も比叡山に戻られるのがよいと思われます。私も一度河内に退き、淀川を封鎖します。新田と私らで都に入った足利勢を挟みこむ態勢をとるのです。兵糧を尽きさせ、その後、大きく一戦で攻め込むのです」という内容の進言を奏上したという。

さらに、正成は「合戦というものは、途中はどうあれ、最後の勝ちが大事です」と先の戦いで兵庫での詰めを誤り、苦戦した新田軍の戦術の拙さを指摘したという。

しかしこの時、後醍醐天皇の側近である公卿の坊門清忠（ぼうもんきよただ）が、正成の意見に反対した。

「勅命を受けた将軍の義貞が一戦も交えずに、我々が都を出て、一年のうちに一度ならず二度までも帝が比叡山に逃げられては、帝の威厳が失われ、官軍の面目も失われます。

尊氏がいくら九州、筑紫の兵力を率いて上洛してくるといっても、まさか昨年の関東八カ国の軍勢を従えてやって来た時以上の勢力はないでしょう。

この度の合戦においては、初戦から敵が西国へ敗走するまで、味方は常に大敵を破っております。これは武略が優れているのではなく、ひとえに天皇の御運が天意に叶い、その助けを得られているからです。

されば、敵を都へ引き入れず、都の外で滅ぼすことも容易なはずです」

と坊門は譲らなかったという。

この『太平記』の坊門の発言には、

「天に認められた天皇による神国である日本は、戦えばその勝利については約束されたものがあり、対して敵国は神国日本には勝てるはずがない」という、相手国を軽んじ、自国を神国化する、昭和の大戦前の思想への影響がこの時代に既に見てとれることが分かる。

その点でも重要な資料である。

そして正成が、結局わずか五百余騎を率いて湊川に向かい、散ったのは既に述べたとおりである。

多々良浜

京を追われた足利尊氏は、中国、四国での足利勢の優勢を確認した後、まず長門国赤間関（現在の下関市）で少弐頼尚（よりひさ）と合流し、九州に上陸した。

そして、宗像氏範（むなかたうじのり）らの支援を受け、芦屋から宗像に入った。

一三三六年（建武三年）、対する朝廷、後醍醐天皇側の菊池武敏率いる軍勢は、二月二十七日、筑後太田清水の戦いの後、二十八、二十九日にかけて大宰府近くにあった有智山城（うちやまじょう）を攻め、少弐頼尚の父貞経を自害させるに及んだ。

尊氏は状況を打開し、機先を制しようと進軍した。武敏も博多に入らせまいと北上し、同年三月二日、対峙したのが筑前国多々良浜（たたらはま）ということになる。

尊氏はまず香椎宮（かしいぐう）、そして近くの陣の越（福岡市東区松崎一丁目）に布陣したが、そこで自軍と相手方の兵力差を見て絶望したという。

両軍の兵数に関しては諸説あるが、『太平記』では三万対三百、『梅松論』では六万対千で、足利軍は圧倒的に不利であったという。

足利方には少弐頼尚が父貞経から預かっていた精鋭五百がいたとも言われている。

つまり、多く見積もっても数千の足利軍が、数万の朝廷方と戦ったことになる。

数の信憑性に関しては疑わしいが、当初は歴然な兵力の差があったのは事実だったのであろう。

そして結果的には、菊池軍に大量の裏切りが出たため戦況は逆転し、菊池軍は総崩れで敗走し、阿蘇惟直（あそこれなお）も深手を負ったという。

連戦で疲労が蓄積している菊池軍においては、武敏直属の兵は疲弊した三百程度であったとも言われている。

戦（いく）さ経緯については諸説あるが、まず兄弟が一緒にいてはよくないと足利直義が先陣を切ったという。

前からも言っているように、直義は戦闘には弱かったが、ここでも自ら先陣を切ったようである。

戦いに挑む勇敢さは持ちあわせていたようである。

逆にこれがなければ、武将という存在に当たらないかと思うほどであるが、多くの戦いにおいてもよく自ら先陣を切った。

少弐貞経が足利軍のために調達した装備も菊池軍の大宰府攻撃の際に焼失していたため、当初は朝廷、宮方の菊池軍が優勢であったらしい。

しかし、菊池勢は北からの向かい風を受け厳しい状況に陥り、須浜という所まで退却を余儀なくされたという。

今も博多では有名な、「玄海灘からの潮風」、北風である。

しかし直義はここでもさらに劣勢に追い込まれたという。

直義は死をも覚悟し、尊氏だけは逃そうと、「兄上、今の間に中国方面に逃れるように」との使者を送ったという話もあるようである。

それに刺激された尊氏含めた足利勢が奮戦し（この兄弟にはこのパターンが多く見られる）、さらに菊池方から寝返り（松浦党など）が出たため戦況は逆転したという。


現在の多々良川は当時よりもかなり（数キロメートル単位で）東側に迂回して流れ、安土桃山時代の一時期、小早川秀秋が城主であった名島城址付近へ河口が開いている。

そして、河川の影響を受けず、当時と変わらない地形としてあるのが、まさに尊氏が本陣を置いたと云われる「陣の越」という場所であるが、実際に見ていただければすぐに分かるが、陣を張るには最高の場所である。

筆者も実際行ってみたが、見晴らしもよく、今でも海岸線が目の前に迫っており、当時尊氏は宗像氏の協力を得ており、船を使えば十分に速やかな退却も可能な地形である。

弟の直義が尊氏に船での中国地方への退却を要請したとのことであるが、その話から伝わる以上のゆとりが、地形からは感じとられる。

ただし菊池軍があまりに大軍なので、恐れをなして引き返した武将の大高重成（おおたかしげなり）に対して直義が、「お前の太刀を切って捨て、剃刀にしてしまえ」と嘲笑したという『太平記』のエピソードもあり、尊氏が香椎宮ではその兵力差に愕然とし、自害まで覚悟したと言うのだから、相当の兵力差があったのは、間違いがなかったのであろう。

述べたように、菊池武敏方から寝返りが現れたが、最大のものは搦め手を担当していた松浦党であったという。

松浦党の一族は、古来天皇家の荘園とされていた肥前国の海の領域で天皇家のために牛を育てていたという。

海の武士団であり、沿岸に多くの水軍を抱えていた。

彼らは血統的には嵯峨源氏の血（源久（みなもとのひさし）を祖とする）を引き継いでいるとされているが、壇ノ浦の戦いでは平家方についた。

しかし、鎌倉幕府創建期には一族の血統が認められたのか、将軍家からの下文（くだしぶみ）を受け、東国御家人に順ずる地位となったという。

そして後、元寇での功績を鎌倉幕府から認められている。

松浦党は、この多々良合戦においては当時の惣領であった松浦定（さだむ）という当主が、後醍醐天皇から北九州の反乱を鎮めた功績を認められ肥前守の官職に任ぜられていたこともあり、当初宮方についていたという。

足利尊氏の姿を見た松浦党の武士団は、先祖から伝え聞いていた源平合戦を思い出したことであろう。

特に一族として、どちらに与（くみ）するかの難しさについては聞いていたことであろう。

「やはり、あの方が勝つのではないか……」

源氏の棟梁である尊氏の姿は、源平合戦の時の源義経の姿よりもよりさらに鮮明に勝利を予感させる出で立ちであったのかもしれない。

尊氏には初対面の武将をも惹きつける、言葉こそは少ないが、晴れやかな将軍としての風貌が現れていた可能性がある。

この点は戦術、用兵面に特に突出して優れていた戦略家の源義経とは異なる、尊氏の魅力を感じさせる個人的な資質もあったのではないかと思われる。

松浦党に関しては、後の時代には惣領を継いだ勝という当主が北朝への忠誠を示し、後も足利将軍家との結びつきを強めていったという。

源平合戦の時とは異なり、今度は当初から、歴史の勝者の選択を誤らなかったのであった。

自軍の軍勢が数百であった尊氏自身は、この松浦党の寝返りを当初は信じ切れなかったという。『太平記』では、高重茂（こうのしげもち）が壬申の乱での天武天皇の成功例等を引きあいに出して、「人の心を疑いすぎないように」と尊氏に進言したとされている。

尊氏自身もさすがに松浦党の奥深い心中までは読みきれなかったであろうが、さらに尊氏は自身の将軍としての高貴な血統、器量の良さを過大評価するような性格の持ち主ではなかったということであろう。

それにしても、意外と慎重な尊氏の性格の一面を見てとることができる興味深いエピソードである。

この戦いに勝利した尊氏は、大宰府近くの原山にしばらく布陣。兵を集め態勢を整えた後、軍勢を反転し、京都への進撃の準備を始めた。

敗れた菊池武敏は追撃を受けるが、筑後の三原城、猫尾（ねこお）城を経由し、何とか肥後に帰り着くことができた。

しかし深手の傷を負った阿蘇惟直の退却は叶わなかった。

弟の惟成（これなり）とともに肥前経由で阿蘇へ戻ろうと試みたが、現在の佐賀県の古湯で療養中に発見され、阿蘇からはさらに遠ざかることになり、最後は天山（てんざん）で二人とも自害したと言われる。

九州の地図を見ると、天山から阿蘇は余りにも遠い。

肥前での足利方の警固が余りにも頑強であったのだろう。

同建武三年四月、尊氏は九州に一色範氏を残し（この一色氏が、室町幕府における後の九州探題の始めとされる）、上京に転じる。

そして既に述べた湊川の戦いで楠木軍に勝利し、足利勢は京に入る。

吉野

一三三六年（建武三年）六月、足利軍が入京すると後醍醐天皇は比叡山に逃れて抵抗するが、東寺での戦いにより腹心の名和長年（なわながとし）が討ち死にする等、戦局は次第に足利方が優勢となっていく。

そして八月、光厳上皇の院政のもとで持明院統から上皇の弟である光明天皇が践祚されることになった。

尊氏は使者を坂本へ送り、後醍醐天皇の帰洛を強く願い続けたという。

十月、後醍醐天皇はこれを受け入れ、恒良親王に譲位することで、下山に猛反対する新田義貞を何とか説得したという。

遂に天皇は尊氏の要請に応じ京に戻った。

十一月、後醍醐天皇は和睦に応じていったん譲位し、光明天皇に三種の神器を渡し、後醍醐天皇の皇子である成良親王を皇太子として、北朝といったん融和した形を見せた。

後醍醐帝を太上天皇とし、尊氏と縁の深かった成良親王を皇太子としたのである。

尊氏からは後醍醐天皇に対する最大の誠意が示されたものと考えられる。

「よかった……」

「とにかく、よかった……」

尊氏はこれまでの最も大きな悩みから一気に解放された気分であった。

同月『建武式目』が制定され、事実上足利政権の幕府（室町幕府）を開設することとなった。

これにて建武政権（中興）の時代は、実質上二年半ばで終わることとなったのである。

足利政権は鎌倉幕府に倣って、政所、侍所、問注所を設立した。

尊氏としては、「さすがに後醍醐天皇も今度ばかりは、自分を認めていただいたであろう」と期待したはずである。

しかし、事態は尊氏の予想を裏切る展開を見せることになる。

後醍醐天皇は突如、尊氏の考えも及ばない行動に出た。

何と天皇は、この年の十二月京の都を離れ、河内を経て吉野へ遷ったのである。

後醍醐天皇が消えた。

当初は後醍醐天皇の出奔に関して、天皇がいる花山院を警固して軟禁状態にしていることに対する罪悪感と、「いつまでこのような警固が続くのか期限のきりもなく、前の幕府の時のように島流しになったりすればかえって武家にとっても迷惑なので、帝が御自身でよく御進退を考えられるならば、花山院から出られたのはかえってよかったではないか。後は運を天に任せるしかないであろう」とむしろ好意的に捉えていたという尊氏であったが、

「先月の譲位を反故にするようなことはないであろう……」との憶測はあったであろう。

「どこかでひっそりと御暮らしになっていただければそれでよい」

「そうすれば……」

尊氏は決して誰にも聞きとることのできない小声で、自分に言い聞かすように、次のように語った。

「やがて、再び正式に後醍醐帝の皇統に戻すことを考えてもよいのだ……」

尊氏は自分自身の考えに納得した。

ところが後醍醐天皇の行動は尊氏の予想を遥かに越えるものであった。

天皇は吉野に向かったのであるが、それは上皇としての詣でや御幸(みゆき)などの類のものではなく、光明天皇の皇位を認めず、神器も偽りのもので、譲位も無効であるという。

そして、壬申の乱の時の天武天皇のように吉野から兵を挙げ、自ら天皇として還都するとのことであった。

これには、さすがに尊氏も落胆した。

「まさか、そこまでのことをされるとは……」

後醍醐天皇はこれまでの現実を拒否してまでも、自身のイデオロギーを持ち続けることこそが生き

る原動力となっていたのである。

　イデオロギーの重要性は分かりながらも決して現実を捨てることのできない、尊氏との決定的な人としての（人格構造、思考の）違いであった。


　その後、南北両朝の天皇が、独自の年号を用いることとなった。

　正式に南北朝分立の時代を迎えたのである。


「完全に、我らは後醍醐帝の敵（かたき）になってしまった……」

　対朝廷策に関しては、全く自らの思うようにはならず、尊氏は正直、政治に対する意欲を完全に失ってしまった。

「わしにはどうにもならん。わしの策は、すべてが裏目になってしまった。もう、政（まつりごと）はすべて直義に任せるのがよい……」

　尊氏は直義を呼び、その意を告げた。

「直義、今後武家の政（まつりごと）はおぬしに任せた」

「……」

　直義は無言で兄の顔を見た。そして、それは先に丹波篠村で見せた兄と同じ目をしていることを悟った。

「謹んで承りましょう」

尊氏の心中を察した直義は、無条件にこの案を呑んだ。

後醍醐帝が消えた夜、しばらく現れなかった獣が尊氏の夢で現れた。

「尊氏、お前は帝から都をうばったのか！　またもとんでもないことをしてくれたわ！」

尊氏は必死に抗弁した。

「違う、帝にお仕えするために京に戻ってきたのだ！　まずはいったん上皇になっていただこうと思っていたのだ。後醍醐帝には居ってもらわなければ、困るのだ！」

獣の表情は見る見る険しく、恐ろしくなった。

「都合のよいことばかりを言いおって！　帝を軟禁など不敬なことを図るからじゃ！」

「お前は、口は達者だが、帝に対しては不敬の極みじゃ！　わしはお前を都から地獄にまで引きずって叩き出してやるわ！」

尊氏は顔が青ざめた。

「待ってくれ！　帝や親王、御子孫には必ず京に戻ってもらう。それまで待ってくれ！」

「待ってくれ！　待ってくれ！……」

尊氏は夢の中で叫び続けた。

後醍醐天皇は吉野から京の奪還を目指すこととなった。

一方新田義貞は、越前・金ヶ崎城に拠って足利軍と戦う作戦を取った。

そして、天皇は尊氏の天敵、陸奥の北畠顕家に再度上京を命じた。

また遠江には尊澄（そんちょう）法親王が下向した。尊澄法親王は還俗後、宗良（むねよし）親王となった。

九州では菊池氏が奮起、後に懐良（かねよし）親王が征西大将軍として活躍することとなった。


翌一三三七年（建武四年・延元二年）、天皇の命にこたえ、陸奥の北畠顕家が京へ向かって霊山（りょうぜん）城を出た。霊山城を発した北畠顕家は、義良（のりよし）親王を奉じて南下した。

この報をきっかけに、各地南朝軍の京都への進撃が促されたという。

十二月には、顕家は斯波家長の軍を破り鎌倉に入った。

翌一三三八年（建武五年・延元三年）に入ると北畠顕家は、さらに遠江から美濃へ進軍を続けた。

顕家はこの間、宗良親王の軍と合流、足利軍と戦いながらついに摂津に至り、一挙に京を衝く態勢となった。

しかしここにおいて、後にも述べるが、足利方、高師直の電光石火の反撃が始まる。

そして、同年五月、大将顕家が師直軍に敗れ、戦死することになってしまうのである。

さらに、新田義貞の義軍も次第に京都奪還が難しくなり、同年閏七月、義貞も顕家に続き、越前の藤島で討ち死にとなったのである。

（後、越前はこの後一三四一年〈暦応四年・興国二年〉、斯波高経、高師春が鷹ノ巣城を攻め、陥落させ、南朝側の抵抗は収束する）


苦境に陥った後醍醐天皇は、義良（のりよし）親王を奥州に向かわせた。

結城宗広が護衛となり、北畠親房もこれに同伴した。

また宗良親王は遠江に向い、その皇子も親王に従った。

後醍醐天皇は、京都中心の勢力を奥州や関東へ向かわせたのである。


南朝の畿内での勢力が衰えたことも大きかったのであろう。

同年八月京では、光明天皇から尊氏が征夷大将軍に任じられることになった。

後醍醐天皇からではなく、北朝の天皇からの任官であったことには複雑な心境もあったことと思われる。

「できれば後醍醐帝からの任命をいただきたかった……」

尊氏はじっと目を閉じてもの思いに耽（ふけ）った。


そして翌年、突然さらに尊氏を絶望させることが起こった。

一三三九年（暦応二年・延元四年）八月、吉野に遷ってから二年余り、京都奪還を目指していた後醍醐天皇が崩御された。

尊氏は苦渋の表情を浮かべた。

「間に合わなかった！」

「世の中を元に戻せなかった。帝が生きている間に……」

幕府の創設という偉業を成し遂げながら、尊氏には悔恨の念しかなかった。

尊氏にとって一番大事な仕事をやり残したまま天皇は崩御されてしまったのである。

「結局わしは、大事なことについては、何もしていないということじゃないか……」

尊氏はとてつもない虚無感に襲われた。

「……」

もはや言葉が出なかった。

「せめて帝の御霊を弔わなければならない……」

後醍醐天皇慰霊のため、直義と兄弟で天龍寺造営を開始した。

足利直義

足利直義は尊氏の同母弟であるが、兄弟の性格についてはお互い全く異なるものであっただろう。

そして尊氏、直義の兄弟関係は、政治的な要因も重なり、他の兄弟には例が見られないほどに独特なものとなった。

兄弟に関するそれまでの時代の武家の倣いとしては、兄が嫡男で優れた弟がいる場合、弟を家来としてはっきりと分家や配下に組みこむか、もしくは外に出してしまうか、いずれかになるであろう。

源頼朝は義経を当初は配下として用いたが、結局排除する道を選んだ。

しかし足利尊氏は、新たな第三の道を選んだ。

何と、弟の直義に政道を譲ったのである。

一時は真剣に直義を核に幕府の体制を構築しようとした。

内政、政治制度設計に関しては、自分以上の権限を弟に託そうとしたのである。

当初、尊氏もそれが正しい道であると感じていた。

「直義にはよきもあしきも北条の政治の伝統が継承されている」
「それはまた、それで価値のあることなのだ。直義に政をやらせてもよい」

しかし直義は、北条氏の創った政治制度自体は高く評価しながらも、将軍家ではない、北条得宗家のように限られた一族の血統が政治に深く入り込むことについては、兄尊氏以上により潔癖に抵抗感、嫌悪感を抱いていたと想像される。

よって、かつての北条氏のように、将軍家以外に一定の一族の血統が足利幕府に入ることに対しては、強烈な抵抗感を抱いていたのではないかと思われる。

このことも少しずつ尊氏、直義の兄弟間にずれを生じさせ、後の観応の擾乱の一因となっていくものと思われる。

その擾乱においては、直義と高師直との確執が最も大きな直接的な原因となった。

直義は、右に述べたような考えもあり、足利家の「御内」と言われる高家の血筋であっても、それが独占的に政治制度に入り込むことに拒否し続けたものと思われる。

一方、尊氏はそこまでは考えていなかった。

やはり、尊氏の正妻が北条の血を引いている赤橋家娘（最後の執権赤橋守時の妹）であったことも影響したであろう。

「高の家はかまわないであろう。足利の身内じゃ」

尊氏はそう考えていた。


また高師直との比較において言えば、直義は勇気こそはあり、戦さにおいては度々先陣を切ったが、正直兵を率いての才能に関しては師直ほど恵まれなかった。

この点も師直が直義を軽視する根拠にもなっていた。

「直義殿は政（まつりごと）についてはよく知っておられるが、軍兵にとって将軍とはどういう存在であるかはご存知ではない」

師直は口癖のように兄弟の師泰にこのようなことを強く言っていたと思われる。


そもそも直義は、将軍をこの世の唯一無二の存在として奉っていくというビジョンに関しては、尊氏や師直と同じ価値観を共有しており、後の擾乱こそあったが、元々は将軍である尊氏に直接刃を向ける発想はなかったと思われる。

本来歴史において仮定は全く成立しないものであるが、もし直義が、元々実力本位のみの価値観の持主、つまり本気で尊氏からの将軍簒奪を厭わない下克上を許容する人物であったならば、その成否とは関係なく、歴史的には後の戦国時代的な展開はもっと早く訪れた可能性も高かったのではないかと思われる。

さらに足利直義には以下に述べる、大きな歴史上の功罪が認められる。

直義は禅への理解も深く、臨済宗の夢窓礎石（むそうそせき）との問答集、『夢中問答集』が残されている。

直義はこのように禅への理解を深める中で、政治的にも無私の態度を貫くことを可能にする姿勢を極めていった。

この直義の修道的な態度は、幕府創建前から兄の尊氏をたてて自らはナンバー2に徹することにより、結果幕府の樹立に多大に貢献したであろう。

また直義は、後の観応の擾乱においてもあくまでも自らが積極的に政権を奪う態度は示さなかったことで、幕府が転覆するようなレベルの大乱を防いだ。

幕府の存続という歴史的な観点から見れば、評価される役割を果したと思われる。

しかしその反面、南北朝における内乱やそして擾乱という幕府内の内訌を招き、長期化させたことも事実であろう。

また、直義を熱烈に支持する、足利直冬や桃井氏、石塔氏、上杉氏の一族を大きく失望させ、同志である彼らを政治的苦境に陥れたのもやはり事実である。これは歴史的な足利直義の功罪における負の側面である。

要するに室町幕府を創設し、長期に持続させるにおいては、多大な功績があったが、かといって武将やリーダーとしてはもの足りない存在でもあり、根本的に戦乱を収めることもできなかったことは否めないということである。

よって、直義をリーダーとして持ち上げた者たちの落胆、失望は、結果相当大きなものであっただろう。

直義は大局的に物事を的確に分析できる反面、自身を頼って直接関わってくる人物に対する人間味のある配慮や感受性に欠けている面があったということである。

これは兄の尊氏とは異なる、対照的な人格的資質である。

その結果、ある一定の身内の犠牲や内乱に対しても甘受しすぎる結果となるのである。


話が飛んで恐縮であるが、この個人資質は後の江戸時代の最後の将軍徳川慶喜と極めて同質の精神性であると思われる。

知的で客観的認識に関して優秀な人物の決断として、同志の犠牲や内乱に対して黙認、甘受し、その結果、周りの者が驚愕するほどの、考えの及ばない落胆を伴った結末を迎えるという社会現象が見られたのである。

高師直

高師直の属する高氏は、「御内人」と言われた足利家代々の家人の家系である。

高氏の祖である高階氏は、天武天皇の皇子である高市皇子の血統を持つ皇族が、臣籍降下して姓を賜ったという。

家伝では、師直の先祖であるその高階氏は、源氏の八幡太郎義家の四男源義頼を貰い受け下野足利の地に住みついたと云われ、足利家とは同族であるとの伝承もあるが、そこの所は、はっきりとしていない。

そして、その源氏の末裔とも云われる高惟頼より、高氏を称したとされる。

高惟頼の子である惟貞は若かりし頃、源義家に仕え、その子義国とともに下野国足利荘に下向したという。

高氏は、以後代々足利家に仕えることになるのである。

高惟重の時代には奥州藤原氏攻めで軍功を挙げ、軍事面で特に目を引く功績を挙げた。

そしてその後の高重氏、師氏と累代で足利家執事に就任したという史実が残っている。

師氏の次は師直の父師重の代に続くことになるのだが、ここで後の高師直の不運にも繋がる可能性のある、不安定な家督の相続が起きてしまう。

おそらく師直の父師重が有能であったのか、もしくは師直の祖父の高師氏、もしくは足利貞氏の深い寵愛を受けたのであろうか。

師重は兄の師行よりも先に執事に就き、その後に兄の師行にいったん執事を譲り、そして再び執事に復するという複雑な執事就任のプロセスを踏んでいる。

結果、師重の子孫である師直、師泰の一族と、師行の子孫である師秋、師冬の一族が名目上、ともに執事に就任できる立場として、対等に分裂してしまったのである。

ということは、高家においては、高師直の執事の立場というものは、決して元から安泰、必然というものではないということになる。

実際、師直は伯父である師行の娘を妻に迎えており、師行の血統に対する配慮が既に婚姻関係においても認められる。


よって、自身の執事の立場を高一族に認めてもらうだけでも、師直には彼らを抑える実力や将軍となる尊氏からの強い承認等が必要とされたのである。

さらに進んで、すべての高一族を従わせるということになると、至難の業であったと思われる。

後の観応の擾乱においても、高師秋や高家の分家である大高、南には師直に反旗を掲げた者も実際に現れたのである。


次に師直の内面的な信条について考えてみたい。

高師直は、足利家に近侍する家柄と武力にともに恵まれていた。

それ故師直は、将軍尊氏と将軍を取り巻く、師直の同心の武士達がしっかりとしていればこの世の中は十分に動かせる、逆に言えばそれ以外の人材、手段は信用していないという立場を取っていた。

よって具体的な政治体制として師直が目指したのは、あくまでも足利尊氏直系の征夷大将軍を奉る幕府、そしてその将軍家を直接支える高家、なかでも師直一族ということになるのであろう。


確かに高氏は足利氏の御内人であり、もし鎌倉期の北条氏の執権、得宗家の政治を良きものと考え、再来させれば、事実上の日本の君主も狙えることも可能な立場であったと考えられる。

師直が将軍を立てつつも足利家をお飾りの存在にすれば、その道、そういった方法も、あるいは選択できたかもしれないが、右記のように、どうも師直はそのように考える人物ではなく、また高家における立場も北条氏のように一枚岩にまとまる状況ではなかったようである。

この点について師直は、逆に、将軍をお飾りにする鎌倉での北条得宗家の立場を反省していたと思われる。

「鎌倉がうまくいかなかったのは、将軍を心から奉らなかったことによる」と師直は考えていた。

それ故、将軍家に対する忠誠心は、以前の北条氏や同時代の他の武家よりも比較にならないほど強かった。


そして師直は、武人としての資質、配下の者をまとめる器量に恵まれていた。


ちょうど師直が足利家の執事となったのが、一三三三年（元弘三年）、尊氏の討幕運動、進軍開始の年となっている。

まさに師直は「尊氏とともに戦う」為に執事となった男なのである。


結局師直は御内人という立場がありながら、家柄よりも自身の能力や個性、魅力で多くの者を統率しようとした。

弟である高重茂（しげもち）と並び、和歌の才能もあった師直であったが、この才能も師直の多才さを物語るものであり、彼への個人的崇拝を高める要素となっていたと思われる。

逆から言えば、高一族の家格を越えて師直の個人的な評価が高まる方向で歴史は進んでいくことになる。

ある時期までは、師直のこのやり方は成功を収めていた。

幼少の頃の師直についてはよく知られておらず、『太平記』では尊氏の討幕戦から歴史に登場する。

そして、高師直の軍人としての功績を飛躍的に高めたのが幕府創設後の反幕勢力との戦いであった。


一度足利軍を九州に追討していた北畠顕家は後醍醐天皇の命を受けて、一三三七年（建武四年）八月に奥州から二度目の遠征を行った。

同年十二月には顕家軍は鎌倉に進軍し、幕府の関東執事を担っていた斯波家長を打ち破った。

一三三八年（建武五年）一月、顕家はまず美濃の青野原で土岐頼遠（ときよりとお）の幕府軍を撃退したが、高師泰が顕家のさらなる進軍を迎撃し、一度顕家軍の勢いを止めたという。

そして近江から伊勢方面に進路を変えた顕家軍を二月、奈良般若坂で高師直がまず打ち破った。

顕家はいったん河内へ退いた。

そして少しずつは勢力を盛り返していったという。


その難敵北畠顕家を、再度高師直が三月には天王寺、阿倍野で、そして五月、和泉国堺浦、石津において最終的に撃破した。

師直は、遂に宿敵北畠顕家を討ち取ることに成功したのである。

さらに師直は返す刀で八幡に戻り、別働隊で詰めていた顕家の弟の春日顕信軍をも撃破し、一気に南朝方を戦闘不能に追い詰めたのである。

この劇勝には尊氏も正直驚いた。

「師直の軍才には正直わしも、とてもかなわない」

「師直はまるで……。そうだ！」

「正成だ、正成と同じ人間なのじゃ！」

言葉は悪いが、師直は足利政権内の悪党的な存在であった。

悪党とは言葉の悪い表現であるが、武力においては、真に実力があることがそう言われる前提条件となる。そして、破壊行為や反逆行為も辞さずに時代を変革、改革するという姿勢もその言葉のニュアンスには含まれていた。

師直は、特に既存の権益にすがる形だけの勢力に対しては、随時、討伐してやむなしという悪党的な立場をとっていたのであった。

しかも皮肉なことに、その悪党を養っている張本人が、この年将軍となる尊氏自身なのである。

尊氏は、同じく鎌倉幕府方からは悪党と評された敵方の楠木正成に対しても、師直同様、尊崇の念を伴った愛着の心情を抱いていた。

軍を率いては他にない統率力を持つこの二人を同様に有能な軍人として認めていたのである。

高師直は陣中において、まさに軍神となり得る存在であった。

尊氏は政権の中に師直のような突出した存在があることを、決して排除するようなことはなかった。

尊氏のこの立場について述べれば、ひとえにその懐の茫洋なまでの深さ、広さを感じることができる。

尊氏は戦さというリアリズムを呈現できる人物を素直に尊崇の念で認めていた。

それと同時に尊氏は、後醍醐帝のようにイデオロギーを呈現する人物にも素直に尊崇の念で認めていた。

さらに尊氏は、直義のように政務や実務をこなす管理能力のある人間にも敬意をはらっていた。

尊氏は他人の長所には素直に敬服できる性質を持っていた。

このことが足利尊氏という他に類のない懐の深い将軍を誕生させた、根源的な要因となったのである。

四条畷の戦い

「いよいよ、あやつの息子がでてきたか……」

「師直よ、おぬしはどのように戦うつもりなのか？」

尊氏はこの戦いが幕府の命運に関わるほどの影響力を持つことを、恐いほどに強く感じていた。

一三四七年（貞和三年・正平二年）十一月、細川顕氏を総大将とする幕府軍は藤井寺から阿倍野に至る河内、摂津での戦いで楠木正行軍に大敗を喫していた。

足利政権（幕府）としてもこれ以上しくじると、まさに、楠木正行の父である正成に滅亡のきっかけを与えてしまった鎌倉幕府の二の舞を演じる可能性さえ現れていた。

また、仮に勝ったとしても、その形が拙いものであれば、逆に南朝方の反発を強め、そちらに同調する勢力が増す懸念も頭をよぎった。

尊氏はこの戦いのことを考えると鬱屈とした気分になり、かと言って妙案も浮かばず、結局は自らの頭を抱えこんでいたのである。

しかし、尊氏にそう問われた師直の目ははっきりと見開き、これ以上なく澄んでいた。

「尊氏公、押し潰しますよ」

師直はあっさりとそう言いきった。

師直には驚くほど方針がはっきりとしていたのである。

「あやつ（正行）の父親（正成）とは後醍醐帝の政（まつりごと）の時代、（雑訴）決断所や武者所で一緒にいた。だから分かる。

正成こそは、実は最も理想なのは、強い勢いのついた正攻法の戦いをすることだと知っておられたのじゃ。

息子のあやつも必ず父親と同じ考えで戦ってくる。

一気に押し潰すのが亡き正成への、こちらの敬意にも他ならない！」

師直は建武政権時代、「武者所」の権限により、楠木正成とともに西園寺公宗（きんむね）の謀叛を取り押さえるなど、まさに同僚として働いた経験があった。

「師直……」

尊氏には別の不安がよぎった。

「それじゃ、後々の評判が……」

それでも、師直の表情の余裕は全く変わらなかった。

「大軍で押しつぶすと確かに反発はあるでしょう。しかし少しの隙でも見せれば、正行は必ず命をかけてそこをついてくる。万が一にも負けてもよいのなら、別の戦さもできましょうが……」

尊氏は、それには苦い表情となり、激しく首を横に振った。

「負けることは……、もう許されない……」

『太平記』によると幕府軍は総勢八万騎を超える大軍で出陣。

一三四八年（貞和四年・正平三年）一月、高師直は河内国四条畷（しじょうなわて）に布陣した。

四条畷というと、つい現代（昭和の時代）に至るまで開発が遅かった地域であり、もともと低湿地の続く、軍兵にとっては動きのとりにくい場所であった。

師直は正行の行動を読んでいた。

「あいつは必ずわしの首をねらいにくる……」

自軍に大きく宣した。

「正面から受けとめるぞ！　わしは引かん！」

師直は覚悟を決めた。

一月五日の早朝、四条畷で合戦の戦端が開かれ、数において圧倒的に劣勢な楠木正行軍は突撃を繰り返し、序盤に高一族の庶流である南次郎左衛門尉が討ち取られるなど、幕府の大軍と死闘を展開したという。

「とにかく師直を狙え！」

正行は、ともに討ち死にを誓ったと言われる百四十三人とともに高師直の本陣目がけて突進し、師直の首を狙い、後もう少しのところまで攻めたとのことである。

後の時代、大坂夏の陣での真田幸村と同様、決死の戦法である。

結局上山六郎左衛門が身代わりとして討たれ、師直を逃がしたという。

ついに高師直を討ち取ることはできず、正行等は、力尽きて敗れた。

「もはやここまで……」

父正成と同様、楠木正行は弟正時と刺し違え、朝臣としてこの世を去ることとなった。

この世において正行が早、正成の生まれかわりであり、その正成の生まれかわりの正行が早速この報国の活躍をしたものと考えれば、湊川の戦いから十二年目にして楠木正成兄弟の第一回目の「七生報国」が現実のものとなったと考えられる。

尊氏は戦勝の報告を受けるも、楠正行が父正成と同様兄弟で刺し違え亡くなったこと、さらに師直が戦勝後吉野の南朝を焼き払ってしまったことを聞き、顔が青ざめた。

「正成と同じく兄弟で刺し違えただと……」

「後醍醐帝がおられた御所を焼き払っただと……」

「師直、何もそこまでしなくても……」

さらに楠木方の残党を掃討していた高師泰が、聖徳太子廟を破壊し、宝物を略奪したという。

尊氏はさらに気を失いそうになった。

「太子様の御廟を………」

「とにかく仏様にお許しを……」

たまらず堂に籠もり、しばらく出てくることができなかった。


尊氏はその夜から、再び朝敵の自分が後醍醐帝を守る獣から責められる夢に毎夜うなされることになるのである。

「尊氏！　お前は、罪を許される前に、また新たな罪を犯してしまったのか！　地獄に陥り続ける者とはおぬしのような輩（やから）のことを指していうのじゃ！　帝の忠臣を親子にわたって二度も殺め、さらに御所を焼くとは、何たることをする奴じゃ！　お前は何度地獄に落ちれば分かるのか！」

「私の、私の本意ではない……。それだけは分かってくれ！」

尊氏は夢の中でただそのことだけを訴え続けた。

地蔵菩薩

尊氏は地蔵信仰が強く、時に応じて自ら地蔵菩薩の絵を描いていたという。簡素で素朴な信仰である。

特に政治的な結びつきもなく、個人的な信仰と考えてよいであろう。

尊氏にとっては過酷な現実からの逃避とまではいかないであろうが、一時避難的な桃源郷的な自身の境地を考えていたのかもしれない。

尊氏には仏教を離れても、確かにこのような現実回避的な性格傾向はあったと思われる。

尊氏の出家願望についてもよく伝えられている。

一三三六年（建武三年）八月十七日に、尊氏が清水寺に奉納した以下のような願文がある。

「この世は夢のようなものです。この世で望むものはありません。私は出家するので、私に道心（仏を信じて悟りを求める心）、来世の救いを与えてください。現世の果報は、弟の直義に与えて、守ってやってください」

観世音の宝前に捧げられたこの願文には、世のはかなさを伝え、尊氏自身に仏心を起こさせるようにと、現世の果報よりも来世の救いを一心に祈願する文章が記されている。

この年は、五月に湊川の合戦で楠木正成を破り、六月に光厳上皇を奉じて上洛。

そして、八月には持明院統から上皇の弟の光明天皇を践祚させた。

その二日後に、この願文を奉納したという。

劇的な京の奪還に成功し、普通であれば勝利の余韻に浸ってもよいタイミングである。

やはり、この時期に清水寺に右のような願文を奉納したということは、尊氏の後醍醐天皇への罪悪感は究極に高まっていたことの証明ではないだろうか。

尊氏の仏教信仰は、純粋な信仰心に溢れているものである。

後醍醐天皇の真言密教や弟の足利直義の禅宗のように、その道の求道者を唸らせるものではなかったが、信仰の純度については極めて高いものであったと考えられる。

一三五四年（文和三年）正月二十三日に足利尊氏は、後醍醐天皇や尊氏自身の父母、更には元弘の乱以後の戦乱で落命した人々の霊を慰め、天下太平と民衆の安穏を祈願して、一切経の書経を発願したという。

書写にあたっては、洛中・南都・鎌倉の主要寺院を含めた諸僧が動員され、その年の十二月二十三日に経供養が行われたとのことである。

晩年に尊氏が行った一切経の書写、供養も、敵味方なく亡くなった御霊を慰霊するためのものであった。

とくに仏教において、とりたてて稠密に傾倒するものは無いが、そうでありながら、仏への帰依の深さは他の者に比べようがないほどに深い。

尊氏は在家における信仰の姿を純化した仏道者であったと受けとめてよいであろう。

地蔵信仰については、後の将軍でありながら、多くの大衆と共有、共感を持つことのできる親しみ易い信仰心であった。

尊氏の人柄が偲ばれる貴重な信仰のエピソードである。

足利直冬

足利直冬（ただふゆ）は足利尊氏と越前の局との間に授かった実子ということで伝わっている。

直冬に関しては、幼少期から寺（東勝寺）に奉公させられていたこともあり、謎も多い。

それにしても、その後足利直義の養子（猶子）にはなっていたが、足利尊氏が見せる実子と言われている直冬への敵意の表現というものは、尊氏にしては珍しく、怒りが直接に伝わってくるほど、直情的で激しい。

尊氏と越前局の間に生まれたという足利直冬。

幼少の頃から直冬を認知していなかったという尊氏であったが、実際も実子と認識していなかったのかと疑うほどに、親子とは思えぬ直冬への冷遇と憎悪の念が尊氏の行動や書状などからも窺（うかが）い知ることができる。

少し邪推もしたくなるほどである。

歴史的に見られるのが、貴種の隠し子を育てるということがある。

平清盛についての逸話が有名である。白河天皇の落胤を父平忠盛が貰い受けたという話であるが、その場合においては、譲り受けた立場の者（この場合は忠盛）が落胤を大事に育て、自らも厚遇を受け出世していくという現象がある。

この点直冬は逆に、尊氏からは冷遇されている。

そうすれば、全く史実的根拠のない話ではあるが、もし貴種の落胤であれば、清盛の場合のような皇族に近い貴種とすれば、最後の鎌倉将軍である守邦親王の落胤等が考えられる。

もしそうであれば、尊氏に対しては迷惑な話となる。

尊氏にとっては、自分の足利家嫡流としての次期将軍任官を決定的に否定される、おそらく北条氏からの極めて不愉快な仕置きと言わざるを得ないであろう。

また皇統以外で考えてみれば、父貞氏か兄高義、もしくは北条氏の血脈などかと想像したくなる。

父貞氏の血を受け継いでいたとなると、直冬は尊氏の義理の弟ということになり、兄高義の遺児であれば、本来の足利の嫡流の資格を持つ貴種であることとなる。

どちらにしても尊氏にとっては、都合の良いものではない。

あくまで邪推であるが、これも尊氏の直冬に対する冷たい態度とは合致する。

北条氏の血脈を受けていたならば、政敵として討伐の対象とした一族の落胤ということになる。当然、直冬もやがて出家でもしない限り、即刻討伐の対象になってくる。

直義が後の時代直冬を厚遇していることから、この可能性は極めて低いものかと思われる。

以上の邪推はさておき、実際後に弟直義の養子になったということであれば、政権内において政務的な役に関しては任せてもよいというよいという判断が尊氏にもあったのであろう。

直冬はしかし、これのみではよしとせず、その野心的で豪放な性格と相俟（あいま）って、次第に尊氏の政権を脅かす存在にまでなっていく。

後の尊氏と直義の間の観応の擾乱の影の主役を演ずることとなるのである。

また過去の歴史に鑑みれば、尊氏の直冬への対応は、源頼朝の弟義経への対応を髣髴させるものである。

やはり政治的要因としては、嫡子である義詮（よしあきら）の地位を脅かす存在になりかねないという懸念が強かったことも直冬への冷遇の大きな原因であっただろう。

そして、生理的にも尊氏と直冬との相性はあまり芳しくなかったようである。

この点は後醍醐天皇と護良親王の親子関係に類似したものであると思われる。

また、先ほどの義詮への配慮と重なる政治判断としては、尊氏が直冬に対して将軍に相応しい器量を持っていると認識していたという可能性もある。
その力量を認めていた為、あえて冷遇したという判断である。

足利義詮

後に室町幕府二代将軍となる足利義詮であるが、その義詮は、まさに後見人と言ってよいほどに、高師直という人物の影響を強く受けている。

そして、そのことが後の観応の擾乱の大きな一因になってしまった。


義詮の母は鎌倉幕府最後の執権、赤橋（北条）守時の妹で足利尊氏の正室の赤橋登子（とうし）である。

ということは、血統からは、次のようなことを述べることができる。

父足利尊氏、叔父直義の兄弟は北条の母から生まれておらず、直接北条の血を受け継ぐ義詮の存在は、血統的な環境としては尊氏、直義の兄弟とは異質なものであった。

とくに足利直義から見れば、できれば（北条の血統ではない）別の尊氏の後継者を将軍に立てたい気持ちも強かったかもしれない。

しかし、結局義詮を凌ぐ他の明らかな有力な世継ぎ候補は居らず、直義も表面上、義詮を後継に認めざるを得ない背景があったのではないかと思われる。

直義は本音とすれば、自らの猶子でもある直冬に足利の家督を継がせたい気持ちがあったのではないだろうか。

そもそも足利直義は、政治制度としては北条氏の政治を手本としながらも、血脈としては北条氏の血統が残ることに抵抗感を抱いていたものと想像される。


一方、高師直にはこのこだわりはない。

師直は義詮の後見人となるべく邁進していく。

この姿勢に関しては実父の尊氏をしのぐほどであった。

自然と義詮も父のように師直を慕うようになっていったであろう。

そして、叔父である直義とは敵対する立場へと傾斜していくこととなる。


江戸時代後期の博物図録集「集古十種（しゅこじっしゅ）」に紹介されている有名な騎馬武者像で、現在、京都国立博物館が所蔵しているものがある。

その絵に印されている花押は、現在は尊氏の息子の二代将軍義詮のものとされているようである。元は足利尊氏を描いていると言われていた武者像であったが、実は高師直もしくはその息子の師詮の像ではないかという意見が最近は定説になりつつある。

そうであれば、なおさら義詮と高師直・師詮親子との絆の深さを強く感じさせる作品であると言える。

足利尊氏、直義の兄弟関係については、お互いの性格の相違もあり極めて複雑なものであるが、尊氏の子の義詮にとっても父尊氏が弟直義に見せた特別な感情というものは、終生、自身には理解が及ばないものであっただろう。

このことについては、足利直義の性格が大きな一因になっていると考えられる。

尊氏もそうであったが、直義は、尊氏以上に決して自分の内面をさらけ出すことのない人物であった。「自分の個別の考えや感情」と自分で認識すれば、それらの考えや感情をすべて心の内にしまっておくことのできる人間であったと思われる。

それは距離の離れた他人においてはもちろんであるが、配下の者や身内に至るまで、その寡黙な姿勢は徹底していた。

従って、直義という人間を理解しその考えや気持ちの真意を知るためには、その直義の複雑な気持ちを「汲み取る」ことが必要となる。

その直義の気持ちを「汲み取る」ことのできる、数少ない人間の一人が兄の尊氏であった。

夢窓礎石も数少ない人物の一人であると思われるが、それでも直義の真意は禅問答のさらに奥深くに姿を現さずに潜んでいたのではないかと思われる。

直義がそのような人物であった以上、足利義詮は観応の擾乱の大きな一因の人物でありながら、父尊氏のように直義の思いを「汲み取る」ことはできなかったが故に、これから述べる擾乱においては決して主役とはなれず、尊氏の指示を受けて動く、傍観者に近い立ち回りを演ずることとなるのである。

観応の擾乱

四条畷の戦いにおいて、高師直の軍功もあり南朝方を撃破した幕府は、直接脅威となる討幕の勢力もなくなり、ようやく独自の政治を開始する態勢を整えたのである。

幕府創設までは高師直と足利直義は、役割を分担しての一枚岩の存在であり、またお互いに功労の念を現すことも怠ることはなかった。

しかし、幕府がいったん創設し軌道に乗ると、その体制の発展、維持に関して真っ向から反目し合うようになり始める。

実際の内政を兄足利尊氏から委任された形の直義は、鎌倉幕府とは異なる政治制度を構築することが何よりも、自らに課せられた急務であった。

直義は自らが〝三条殿〟と呼ばれた由縁の三条高倉の邸宅に高師直を呼び寄せた。

まず、直義から声をかけた。

「師直、貴殿の戦功、活躍は素晴らしい。四条畷での活躍、見事であった」

師直の軍功を言葉では褒めながらも、直義の表情は厳しかった。

舌の根が渇かぬうちに自身の本意について語り始めた。

「しかし、戦功はあくまで結果で、もう過去のことでもある。

この足利の幕府を末永く維持させるためには、これからは新しい制度でもって政を支えていかなければならないことを肝に銘じてもらいたい」

師直は、いったんは素直にうなずいた。

そして次のようにはっきりと答えた。

「三条殿のおっしゃることはもっともじゃ。

しかし、最も大事なことは、まず将軍は尊氏公であるということ。

そして、それを支えているのが、拙者や三条殿であって、他の者では代えがきかないということを分かってほしい。

決して地位を独占しているわけではないぞ。わしらでないと、尊氏公を支えることはできないのじゃ」

実は、この点が高師直と足利直義の間で最も決定的に異なる意見の本質であった。

今度は直義が自身の意見を返した。

「足利の家の中においてはそれでもよい。

しかし、国をまとめるとなると、必ず他の者にも政（まつりごと）に参加させなくてはいけない。特定の人間や役職に権力が集中すると、必ずや不満が生じ、それこそ北条の世の時のように、そこが幕府への攻撃の標的となり、遂には滅びる運命となってしまうのだ」

そして、次のことにも触れた。

「寺社もようやく足利の政（まつりごと）に期待を寄せるようになっている」

師直が寺社という言葉に反応した。

「その寺社だが、それこそがけしからん！　たいした実力もないのに膨大な所領をわがものにしている」

「一度、すべての寺社の所領を再編して、幕府に従う武者や幕府の存続に役立つ祀りを行う寺社に恩賞として与えてはどうか？」

師直の突然の提案に直義は驚いた。

「そんなことをすればまた、大戦（おおいくさ）になってしまうぞ！」

今度は、師直の表情が俄かに明るくなった。

「足利の力を強めるならば、大戦さもけっこう。逆にそのためにこそ、この師直、高一族はこの世に生を受け、名をいただいておるのだ」

師直はそう言って、大いに笑った。

直義は明らかに不機嫌であった。

「師直、万が一おぬしにはそのような力があるとしても、おぬしが亡くなった後はどうなる。おぬしの跡継ぎにもおぬしと同じことができる保証はどこにもないぞ」

師直は笑いを収め、そしてきりっと決意をこめた表情となった。

「無論、その前に決着をつける。わしと尊氏公の時代で一気にこの国を誰も手の出せない足利の世に染めてしまう。文字どおりの〝足利幕府の世〟を造り上げるのだ！」

師直の快気炎は止まらなかった。

「この世にはわしの執事の施行書が欲しくてたまらない者が溢れておりますぞ」


直義はこれには怒りの感情が生じた。

「師直、目を覚ませ！　戦さに勝っただけで、すべての者を手なずけることはできないぞ！」


師直は冷淡な視線で直義を見つめた。

「三条殿、そのような弱気で国造りをすると、やがてよそ者に実権を奪われますぞ！　それこそ第二の北条を招くことになり、足利の世が滅ぶことになるではないか」

直義が反論した。

「それは逆じゃ師直！　独占のできない制度、役職を固めてしまうことで、誰もが足利の代わりができなくなるのじゃ」

「そのためにも、……」

直義はこれまで見せたことのない厳しい表情となった。

「そのためにも、……」

「師直よ、一度他の者に執事を譲れ！」


師直の体が氷のように固まった。

「何だと……。

三条殿、もう一度言ってくれ！

まさか本当に、三条殿がわしにそのようなことを……」

直義が念をおすように繰り返した。

「執事を他の者に譲れと言ったのだ。師直！」


師直は、今度は体が震え出し、自分の力では止められなくなった。

そして、顔を真っ赤にして、次のように一気に言葉を吐き出した。

「それは三条殿とわしで決めるようなことではない！　尊氏公が決めることだ！」

師直は直義とは目も合わせず、真っ赤な顔で退散した。


その夜、直義は尊氏のもとを訪れ、当日の経緯を尊氏に説明した。

「そうなのか……」

尊氏は困惑したが、何も自分の意見は言えなかった。

(わしは本当に将軍なのだろうか……)

自らの意思では何も決めることはできなかった。

頭の中で次のような考えが駆けめぐった。

「直義の言うことも、師直の言ったことも、どちらも正しいように聞こえるのじゃ」

「しかも分かっているのは、ただ、直義も師直もともに必要であるということなのじゃ……」

「だが、それを求めることが難しくなってきている……」


尊氏の沈黙を受けて、直義は思案した。

「兄上も困っている。やはり、そうするしかないか……」

「幕府のためだ……」


ついに一三四九年(貞和五年)閏六月頃に、直義は上杉重能(しげよし)、畠山直宗(ただむね)、大高重成等とともに高師直の暗殺を計画したという。

しかし、この計画は師直の知るところとなり、未遂に終わり、師直は自宅に戻り、身を固めた。

「まさか、三条殿がそこまでも……」

師直は再度、直義に裏切られた心痛を味わっていた。

「やはり忠臣は二君に仕えずということか……。そうしなければ、高一族もつぶれる運命にある……」

この時、師直は自分の決心を固めたと思われる。

暗殺計画には失敗した直義であったが、手を緩めることはしなかった。

事態を収拾するため、尊氏が三条直義邸に向かった。

当時政治実権は直義にあり、尊氏も直義に相談なしには何事も進めることはできない状態であった。

尊氏は困惑した。

しかし、「とにかく執事を誰か別の者に変えることが肝要」という直義の強い要請には逆らえることができなくなっていった。

「そこまで言うなら、仕方あるまい……」

尊氏はやむを得ず直義の提案を呑んだ。

「分かったが、せめて師世(もろよ)(師直の甥)を執事にしてやってくれ」

尊氏はせめて、そういうのが精一杯のことであった。

同閏六月、このように、足利直義の兄尊氏への強要により、高師直の執事職は解任されたという。

そして、高師泰の子供である高師世が執事に就任となった。

翌七月、足利直義は、さらに、高師直の朝廷出仕を禁じ、師直の政治からの追放を画策した。

師直は当然、激怒した。

「もう、兵を起こすしかない！」

そこで師直は、兄弟の高師泰と共に武装して、五万を超える恩顧の兵を集めたという。

そして、直義邸を包囲した。

直義方も武装するが、数は数千単位であったという。

明らかに多勢に無勢であった。


翌八月、足利直義は、足利尊氏邸（土御門東洞院邸）に逃げ込むことになった。

そして尊氏は、寛容にも直義を受け入れ、明らかに不利な弟をかくまったのである。

「何、三条が尊氏公のもとに逃げ込んだだと！」

師直はいきりたった。


一方、尊氏は直義を安心させようとした。

「大丈夫だ、直義。

まさか、師直もここに軍を進めることはあるまい……」

しかし、歴史上比類のない戦略家である師直は、主君尊氏の考えも及ばない軍事オプションを行使することになる。

尊氏のその〝まさか〟が現実になってしまったのである。

何と、翌日である八月十四日早朝、高師直、師泰率いる大軍が将軍邸を包囲した。

武士の最高峰である将軍の邸宅を武士、しかも直属の御家人が襲うとは、日本史上前代未聞の出来事であった。

以後「御所巻(ごしょまき)」と言われるこの現象は室町幕府にのみ見られた現象であるが、高師直亡き後も将軍家から見れば悪習として、残ることとなった。

最も大きな張本人はもちろん高師直であるが、結果として容認した足利尊氏、直義兄弟も歴史的な責任の一因は負わなければならない社会現象であろう。

高師直は、足利尊氏邸を囲んで焼き払うと脅し、直義の腹心五人を引き渡すことを強要したという。

ここで尊氏は「累代の家人に強要されて下手人をだしたことなどあるか！」と討ち死にを決意したという。

根拠は一見して不明ながら、鮮明なプライドに満ちた反応を示したのであった。

尊氏独特の将軍の資質と思われる。

この時のことかと思われるが、尊氏は高兄弟に立腹したこともあり、後に両人の身柄を直義に渡すことを約束したという。

おそらく尊氏本人は、その時は正直そう思ったのであろうが、兄弟間の口約束に近いものであり、このやや風見鶏的な尊氏の性格も後の世を擾乱に導いていく要因となっていくのである。

おそらく、この時直義は、内心では既に後の反撃の決心をしていたものと思われる。

「兄上、もうよい……」

直義がこの時は潔く負けを受け入れた。

尊氏は、直義の政務からの引退を約束し認め、「御所巻」は終了した。

結局直義が引退し、上杉重能と畠山直宗が越前に流罪となることで決着した。

直後より師直は、再び執事職に復帰した。

政務は尊氏の嫡男義詮が行うことになり、そのことを受け、義詮は十月に関東から上洛することになった。

そして、京から次男足利基氏(もとうじ)を鎌倉に送り鎌倉公方とし、東国統治のための鎌倉府を設置する方針とした。

「今回は完全な私の敗北じゃ」

「しかし、吾(われ)はつくづく表の戦さには弱い……」

直義は自虐的に笑った。

しかし、その表情は何故か自信に満ち溢れていた。

光厳上皇は、その真偽は定かでないが『太平記』にも記されている、「木か金で天皇の人形をつくり、生身の上皇や天皇は遠くに流してしまえ」との放言に象徴される、師直、師泰兄弟の態度には警戒感は強かったであろう。

朝廷は「御所巻」の数日後すぐに夢窓疎石に仲介を命じ、直義を政務に復帰させ、師直も執事に再び就くことになったという。

朝廷は和解に持ちこみたかったようである。

しかし、義詮の上京が決まっており、正直、この直義の復帰のアクセントは弱かった。

一度「御所巻」という大勝負で負けている以上、直義に権限をふるう場所はすでになかったも同然であった。

師直は、尊氏に直義の引退を強く迫った。

「仕方あるまい……」

尊氏は、直義の実権を嫡子義詮に譲り、直義を出家させる約束をしたという。

この頃、直義の失脚と連動したと思われる動きが見られる。

九月に備後国、鞆に居た足利直冬に対して、尊氏から出家を促す命令が下った。

「直義が出家する以上、直冬も政治から退いてもらわねばならないだろう」

「それに、義詮の政務の邪魔をする恐れも強い」

尊氏、師直の確固たる判断であった。

そして、その命に従わないと判断したのであろう。

「直冬を討て！」

師直は配下の武士を使って突然直冬への攻撃を開始したという。

追われた直冬は四国を経て、さらに九州へと下った。

そして、備後には師直の一族が守護として入ったという。


十月には予定通りに、尊氏の嫡男義詮が関東から上京した。

直義は三条邸もひきはらい、そこに義詮が移った。

つまり、政務は直義に代わり義詮が行うことを、目に見える形で宣言したことになる。

そしてこれも予定通り、義詮の代わりに次男基氏を鎌倉公方とした。


十二月には義詮が師直を引き連れて光厳上皇のもとを訪れた。

この訪問が素直に受け入れられたことの意味は大きい。

上皇は特に抵抗なく訪問をそのまま、受け入れたという。

ということは、上皇の本音としては直義を手元に置いておきたかったかもしれないが、朝廷からは義詮、師直体制が正式に認められたということになる。

このことにより、直義の最後の幕政における命綱である、朝廷との繋がりも断たれたことになった。直義の立場は、政権内では完全にもう無きに等しいものとなったのである。


同十二月、直義は予定通り出家し、すべての政務から退いた。


師直の直義派の排除は徹底していた。

師直の命により、直義の出家に合わせて不穏な動きがあったという上杉重能と畠山直宗の命が配流先で遂に奪われるに至った。

これで直義の政治活動も終焉と思われた。


しかし、その後からこそ観応の擾乱が、本格的に始まることとなるのである。

この上杉重能と畠山直宗に対する師直の仕置きについては、後の擾乱の展開に大きな影響を与えたものと思われる。

結論から言えば、師直はこれはやるべきではなかった。

確かに、足利直義における、過去の親王暗殺や師直暗殺未遂事件等については、やはり穢れた手法であるし、とても素直に容認される類の行為ではない。

ただし、直義の目的自体はまさに純粋に政治的であったし、そうせざるを得ない歴史の転換期において、やむを得ず用いた手法であった。

しかし、師直の場合は明らかに相手に追い討ちをかけてしまった。


さらに言えば、師直のそれが直義と同様、何らかの政治的な義を貫く為のものであっても、少なくとも源氏の嫡流の血筋を受けている直義が行うことと、足利氏の家人の「御内人」である師直が足利氏の同族や尊氏の外戚の一族の命を奪ってしまうことまでをしてしまうのでは、受けとめる側の評価は全く異なったものになってしまう。

ちょうど以前北条氏が受けた反発を、今度は師直が受けることとなる。

「奴は足利の家人ではないか！」

多くの足利の同族、一門の武士が、こう発言をしたと思われる。


師直の先祖である高階氏は源氏の八幡太郎義家の四男源義頼を貰い受けたと主張しており、師直にとっては足利家と高家とは同族でもあるとの認識があったかもしれないが、純然たる足利の同族、一門の武士たちはそうは見ていなかった。

この上杉重能と畠山直宗に対する師直の仕置きは、後の畠山国清（くにきよ）、細川顕氏（あきうじ）が高師直から離反していく大きな動機になっていくものと思われる。

幕府創建の功労者であり、またバサラ大名として、その奇抜な生き様も容認の範囲にあった師直であったが、本来やってはいけない〝下からの血統の支配〟にまでその行為が及ぶと、多くの有力な武士からの支持を一気に失ったということである。有名な『二条河原落書』でも「下克上スル成出者（なりでもの）」のことが書かれている。まだ戦国の時代に見られる伝統的な支配に対しての「下克上」が、公然と許される世の中ではなかったのである。

そして、十二月末には、尊氏から足利直冬の追討命令が下る。このことも大きく世を動かしていく要因になっていく。

九州に入った直冬であるが、存外人気は高かった。幕府の九州探題（一色氏）の政治が不人気であったこともあるかもしれないが、尊氏同様源氏の嫡流の血筋を受けている直冬の存在、影響力は予想以上のものであった。皮肉ではあるがもしそうであれば、まさにちょうど、不人気であった建武政権時に尊氏が九州に入った時と同様の状況を、幕府は演出してしまったことになる。

象徴的なことも起こっている。

何と、かつて多々良浜の戦いで大いに尊氏を支援した少弐頼尚が今度は直冬側に寝返ることになったのである。

鎌倉以来の源氏の党派であった少弐氏が直冬に付いた意味は大きかった。

多々良浜の戦いでは、自身の源氏の棟梁としての存在に敬意を表し味方になってくれたと信じていた尊氏は、正直焦った。

「少弐殿までが……」


これらの現象に関しては、幕府の政治力が九州にまでは及んでいなかったことがもちろん最も大きな要因であったと思われるが、それにしても、存外足利直冬の人望があり、尊氏に負けず人を惹き付けていたのかもしれない。

確かに単独で指導力を発揮する直冬の行動には胆力が感じられ、外から判断すれば、将軍の嫡流にしても恥じない印象を受ける。

尊氏には珍しく、直情的な敵意を浴びせる対象となった直冬であるが、逆に将軍としての器をその尊氏自身がなかば認めていたのかもしれない。

「ううむ、あやつは遠ざけているうちに、変に立派になってしまった……」

尊氏は唸った。

直冬は肥後国に入国し本拠を置き、自ら九州、西国の武士に兵を催促した。

当初は、尊氏・直義兄弟の承認、命を受けて九州に入ったと告げていた直冬であったが、尊氏・直義兄弟が擾乱により袂を分かつようになると、尊氏と直義・直冬親子は遂に全面的に対立するようになったのである。


北朝の改元により観応となった一三五〇年（南朝の正平五年）より、直冬の勢力は肥後国で九州探題に攻撃をしかけた。直冬は観応への改元も認めず、明らかに北朝、幕府に反旗を翻したことになる。


一方同年七月から八月にかけて、京では次期将軍として期待された義詮が高師直を率いて美濃の土岐周済（しゅうせい）の反乱を制圧し、京における次期将軍としての初陣を見事に飾った。

「これで次の将軍の威光が示されたな」

師直はこの上なく満足であった。


しかし、事は単純には進まなかった。

以前直義と交わした師直の持論では、「将軍の威光により天下は静まるはず」であったが、その後より西国での反幕府運動は激しくなった。

そうなれば、師直にとっては、それこそ自身の持論から「直接将軍の威光を示すこと」が肝要になった。

師直が尊氏に強く西国への出陣を促したという。

同年（観応元年）十月、長門探題の直冬が、養父の足利直義の意をくんで、中国地方でも挙兵した。

これを受けて、同十月、尊氏自身が師直を率いて西国、九州へ討伐することを決意したという。


このタイミングで大きな出来事が起こる。

尊氏出陣の直前、足利直義は突然京都を逃れた。

この報を聞いて出陣を止める幕僚もいたが、また師直も直義の動きには警戒していたようであったが、結果尊氏、師直は出陣を決行したという。

実は、ここで京を離れたことが結局は師直にとっては、自身の命を落とす結果に繋がっていくことになるのである。

「戦さに勝って将軍の威光を示せれば、何とかすべてが収まる」というのが師直の判断であっただろう。

しかし、情勢はそのように動かなかった。

まず足利直義は大和国に赴き、師直、師泰兄弟の追討を命じる軍事催促状の発給を始めたという。

これを受けて、有力な足利一門である畠山国清、細川顕氏らの重臣が尊氏、師直のもとを離れた。

これには先ほど述べた師直への反発が大きかったであろう。

そして直義は、自分が主導して築いた北朝とのパイプが切られたことが、よほど痛恨であったのであろうか。

次に直義は、これも史上、師直の御所巻に匹敵するであろう歴史的な禁じ手を打った。

何と、直義は南朝に和睦を申し入れたのである。

十一月直義は南朝の北畠親房と河内石川城で面談し、そこでは直義の南北朝合体案が提示されたという。そして、まずは直義の帰服自体が受け入れられたという。

(十二月に後村上天皇の綸旨により、正式に認められる)

直義の南朝への接近の動機に関しては、それだけ直義が朝廷との関係性の保持を重視していたということの現れである。

やはり、義詮、師直体制を受容した北朝光厳上皇への反発、そして政治的な対抗という側面は大きかったであろう。

御所巻以来の直義党であり、これまた足利一門である石塔頼房（いしどうよりふさ）は、もちろん直義の動きにすぐに呼応し、近江から石清水八幡宮、京南部へ転戦した。

そして、直義を石清水八幡宮に迎える態勢を整えた。

関東でも足利氏の身内である上杉憲顕（のりあき）、近江で上野直勝（ただかつ）、越中で桃井直常（ただつね）が挙兵した。

これにて有力な足利一門、縁戚がこぞって直義派として結集したことになった。

御所巻の時とは全く異なる勢力図を形成することとなった。

この状況が師直に報告された。

「何？　みんな今の義詮公ではなく、前の三条（直義）のもとに集まっているだと！」

師直は、京においては義詮の存在や将軍尊氏と自分の遠征が威厳や影響を何一つ与えていないことに、今更ながら驚いた。

同一三五〇年（観応元年）末にはこの直義側の動きに応じて尊氏、師直は直冬討伐から反転して備前福岡から東に戻り始めた。

そして山崎に至った。

一三五一年（観応二年）に入ると、斯波高経、今川範国という足利家の重鎮も直義派に呼応、京を脱出し、石清水八幡に集結したという。

「斯波や今川までも？

あやつらは現将軍が誰なのかを分かっていないのか！」

師直の焦りは頂点に達していた。

しかし、最もの当事者であるはずの尊氏は、意外と悠然としていた。

「人の心とはそんなものじゃ、師直。

とにかくまず、戦うまでじゃ。力を合わせて、義詮の居る京に飛びこむぞ、師直！」

苦境にあるはずの尊氏の目は、何故か生き生きとしており、師直も驚くほどのリーダーシップを発揮した。

「このお方はやはりよく分からぬが、すごい……。苦しい時ほど威厳が満ち溢れてくるようじゃ」

師直も京での巻き返しにすべてをかけることとした。

しかし、同年一月十五日、尊氏が来るその前に足利義詮が撃退され、義詮はいったん京を脱出したという。

多勢に無勢でありやむを得ないことであるが、都を守る役目の義詮は上皇を置き去りにして京から逃げ出すことになった。

軍事的な戦略としては致し方ないが、見た目には次期将軍の大失態、大失踪である。

この姿を確認して、千葉氏胤（うじたね）も寝返って石清水八幡に向かったという。


そして続いて桃井直常らが入京した。

ここで何故か、早速桃井直常は光厳上皇の御所を穏便に訪ねている。

足利直義が南朝と講和している最中であるが、この直義の腹心である直常の行動を見ても、直義側は北朝と決裂することを望んだのではなく、どちらかというと両朝を天秤にかけながらも、北朝も自分の手中におきたかったのであろう。

もともと北朝の樹立に積極的であったのは、どちらかというと尊氏よりも直義の方であった。


同日、尊氏、師直軍は義詮と合流して洛中に進軍し、その桃井直常軍を追い払い、いったん巻き返しに成功するが、その後、自軍の寝返りの多さに驚愕し、撤退を余儀なくされた。

「何じゃ、この敵の多さは！」

尊氏は石清水八幡への攻撃にも意欲を見せたとも言われるが、これもやはり、敵の多さに断念し、翌日、東寺を最後の拠点として京を離れた。

義詮も丹波に撤退したという。

そしてこの将軍尊氏の撤退を見て、さらに寝返りが続発し、山名時氏（ときうじ）も直義派に参軍したという。

この時点でもはや、雌雄は決したと同然の状態となった。

足利義詮は丹波に留まり、足利尊氏、師直はさらに播磨国にまで退き、書写山(しょしゃざん)に陣を張った。石見に遠征していた高師泰と合流する目的があったと思われる。師泰は一時上杉朝定(ともさだ)や直義派の軍に進路を襲われたが、一月末、これらを破り、無事尊氏、師直と書写山において合流した。

尊氏、高兄弟の結束は固かった。

しかし、もうほぼすべての勢力が高兄弟を見限っていたのであろう。

二月に入ると播磨白旗城主の赤松則祐が尊氏方から戦線離脱し城に戻ってしまった。

さらに、二月九日、四国に籠もっていた細川顕氏、頼春が突如書写山の尊氏、師直軍を襲ったという。

そして最後の決戦を迎える。

二月十七日、直義方は、足利直冬、細川顕氏、桃井直常、石塔頼房らが味方になっており、尊氏、師直方と、摂津国兵庫の打出浜で戦って(武庫川の戦い)、大勝利した。

師直、師泰兄弟は大きく負傷したという。

尊氏も自陣の軍勢をすべて失った。

師直は人生でも初の大敗北を喫してしまったのである。

「面目ない……」

師直は尊氏に平謝り、平伏する以外には、とるべき術を失っていた。

「……」

武勇、戦勝によりその名を馳せた高師直の惨めな姿には、尊氏とて何一つかける言葉がなかった。

「和睦じゃな。師直……」

ただそれだけを言って、尊氏は直義に使いの者を送った。


二月二十日、足利直義と足利尊氏の間で、尊氏からの申し入れの形で和議が成立したという。

和議により、直義は、足利義詮の補佐として政権に復帰することが決まった。

そして、足利直冬を長門探題から鎮西探題に抜擢することとなった。

そして少弐頼尚が鎮西探題の直冬を支える形となった。

さらに和議を重ねて、尊氏が高師直、師泰を出家させ、直義からは高師直、師泰の命を保障するということも約束されたという。

二十四日にはその約束どおり、高師直、師泰、および一族が出家した。


しかし、最後の師直の命の保障の約束に関してであるが、師直が直義のもとへ移される前に突然の出来事が起こった。

二月二十六日、出家した高師直、高師泰兄弟は摂津武庫川を、京へ向かって歩いていた。

師直兄弟は命の危険を感じていたのか、足利尊氏から離れないようにしていた。

この時尊氏は、師直兄弟の行動を「見苦しい」と嫌がっていたという。

そして、尊氏との差が開いた瞬間、ある集団が一挙に割り込んできたという。

突然、高師直、師泰は襲われ、多数の高一族が惨殺された。

割り込んできたのは先に師直に殺された上杉重能の遺子、上杉（修理亮）能憲（よしのり）の一味であったという。

高師直、師泰はみごとに仇を討たれることになったのであった。

三月二日京に戻った尊氏は正式に直義と面会した。

この時、尊氏は明らかに不機嫌で怒っていたという。

負けた尊氏に従った武将に恩賞を与えることや、義詮も政務へ復帰するという最大の譲歩を直義に認めさせ、結果現将軍と次期将軍のメンツを死守したにもかかわらず、尚尊氏のその不満な様相が解消されることはなかった。

尊氏の不機嫌な態度の原因は、直義の、師直をあくまでも排除しようとする姿勢に反発したものであったと思われる。

そして最も尊氏を怒らせたのは、遂に師直等の命までも奪ってしまう結果になったことであった。

下手人は上杉の者であったとはいえ、出家して僧形を呈した無抵抗な師直兄弟の命を奪ったことに、師直らの武将、軍師としての名誉や、ひいては師直兄弟を率いる将軍である自分の立場も、大きく侮辱されることになったと感じたであろう。

以下のようなやりとりがあったのではないかと想像する。


尊氏は直義に最も言いたいことを言った。

「師直の命は、足利家自体の命でもあるのだ」

直義は尊氏の顔をじっと見つめた。

「……」

しばらく沈黙し、そして次のように答えた。

「兄上の気持ちはよう分かります」

「高家が足利の家の為に先祖から代々貢献してきたことも確かに揺るぎないことであったでしょう」

直義が続けた。

「しかし、師直は他の足利の一門のことさえ忘れ、自身のみが将軍に貢献していると勘違いしてしまった……」

尊氏は師直をかばった。

「執事という仕事だから、どうしても将軍と一つになって動いていくのじゃろう。

師直は、悪気があってやったことではないのじゃ」

「それに……」

「師直が執事として直接足利の軍を引っぱってくれたおかげで、苦しい戦いも勝ちを呼び込むことができたのじゃ」

尊氏は、北畠顕家や楠木正行らとの激しい戦いを思い出しているようであった。


しかし直義は、この考えをそのまま呑むことはなかった。

「執事という役職はあってもかまわないとは思います。ただし、肝要なことはその制度を厳密に守り、制度自体が政(まつりごと)、政治のために継続されていくことなのです。何人もその枠を超えてはならない。戦さが一段落して執事に就く人間が不適になれば、排除されることもやむを得ない。師直兄弟といえども、その例外ではない」

直義は自信を持ってこのように反論した。


しかし、この直義の意見に対しては、珍しく尊氏が強く反発した。

尊氏が今までにない口調で声を荒げた。

「違う！　違う！　それは違うぞ、直義！

それでは役職の方が、人間よりも大事ということになるではないか！

それに、そもそも将軍はどうなるのじゃ！

そうならば将軍も役職と考えて、駄目な人間ならば、他の誰かに代えればよいではないか！

結局そちの考えは、まさに北条と同じ考えじゃ。

師直同様、わしもどこかの誰かに代えればよいではないか！

いや、いっそのこと、今すぐおぬしが将軍になれ！

そうせよ、直義!!」

尊氏は直義を睨みつけた。

「……」

直義は言葉を失った。

この尊氏の、人生で初めてと言ってよい、自分に向けた気迫のこもった態度には、直義も正直驚き、また圧倒された。

直義は、かろうじて次のように返答するのが精一杯であった。

「兄上の代えだけは、考えることができない……」


このように、尊氏に圧倒されて、交渉としては拙い立場に立たされた直義であったが、不思議なことに彼の心中は、それとは全く反対に、満足感と安心に満ちた感情で満たされることとなった。

口には出さなかったが、次のような確信を持つに至った。

（やはり、征夷大将軍になれる人物は兄上しかいない。この後に及んでまだ師直を守ろうとする立場にたてる人物。それこそが真の征夷大将軍となれる唯一の人物であるのだ）

直義は自分の目に間違いがなかったことを確信した。

妙な話であるが、自分の判断の正しさに満足感が心に満ち溢れていた。

詳細を知らない周りの者には、表面上いったん完全に和解したように見えた尊氏・直義兄弟の会談であった。

そして尊氏・直義兄弟は、細川顕氏を使者として、いまだ丹波に布陣していた義詮を帰京させようとしたが、義詮は義詮で、なかなか首を縦に振らなかったようである。

先の尊氏と直義の会談の深部、詳細が伝わらない以上、仕方がなかったであろう。

それに義詮は、使者である細川顕氏のことが気に入らなかった。

義詮は顕氏を睨みつけた。

「顕氏、おぬしは突如父将軍の陣を離れ四国に戻り、その挙句最後は寝返って我らに刃を向けたではないか。よくぞ吾（われ）の前に顔を出すことができたものだな！」

義詮の激しい言葉に対し、弁舌巧みな細川顕氏は、柔らかい口調で咄嗟にうまく状況を説明した。

「われわれは、決して尊氏公や義詮公に刃向かったのではありません。

将軍を京から連れ出して、都をもぬけの殻にしてしまった政治のやり様にはついていくことができませんでした。大切な将軍を引きずり回して必要のない武功を立てようとしようとする輩の多さに呆れ果てたのです。我々は、最初から尊氏公や義詮公を京に迎え入れようと思っていたのです」

（何と言い訳のうまい奴だ……）

義詮は内心、顕氏の抗弁には感心してしまった。

またそれとともに、少なくとも細川氏は、天下を覆すような大それた処世を願ってはいないという顕氏の心中を感じとることができた。


しかし、そうは言っても、義詮には次の懸念も頭から離れなかった。

「直義叔父は師直のように吾も殺めようとしているのではないか……」という疑惑である。

この疑惑はとても細川顕氏の手に負えるものではなかった。

結局父の尊氏が一肌脱ぎ、自ら書状を書くことでようやく義詮も帰京を決意したという。

父尊氏の、「直義は決して、血の繋がりのある身内には手をださない」という、純主観的な確信、身内から与えられる安心感が、結局は義詮の猜疑心を最も振り払う効果があったようである。


政権に復帰した足利直義は南朝との講和交渉を続けた。

南朝には楠木正儀（まさのり）（楠木正行の弟）ら、講和に前向きな武将がいたにもかかわらず、結果は不調であった。

一三五一年（観応二年）五月十五日、南朝から交渉決裂の報告が幕府に告げられた。

北畠親房の反対が大きかったという。

南朝からは、皇位継承に関しては、後村上天皇の皇統に統一、天下統一もいったん南朝にもどすことが要求された。

この天下統一を南朝に戻す場合、最も厄介な問題が後醍醐天皇に弓を引いたとされる将軍尊氏の処遇である。

尊氏と直義が講和した後は、この問題が南朝側との交渉を最も難しくさせたであろう。

南朝からの和平の条件としては、征夷大将軍の南朝方による任命のやりなおし（もちろんそれは足利幕府の承認の取り消しを意味する）、もしくは最低限、現将軍尊氏から南朝の認める将軍への譲位の可能性があったことが考えられる。

もし、この提案が尊氏から義詮への譲位であれば、尊氏も喜んで受けたであろう。

しかし、義詮は鎌倉から上京以来、北朝との結びつきを強めており、南朝、幕府の講和期には最も不適な将軍就任ということになる。

実は、南朝との融和を考えた場合、最も穏便に征夷大将軍に任じられる資格があるのは足利直冬ということになる。

史実にはないが、以下のような対談があった可能性を考える。

直義から尊氏への提案である。

「直冬を将軍として幕府を改めて興すことにすれば、南朝も納得ができるでしょう」

尊氏に対して、直義は冷静にそう言い放った。

しかし、これればかりは度量の広い尊氏もどうしても呑めなかったものと思われる。

そうすれば、自身の初代将軍任命もいったん白紙になる可能性があり、しかも次期将軍は尊氏が最も遠ざけている直冬ということになる。

直義は、直冬を将軍にすることについては、もはや無理だとは承知で尊氏に意思の確認を兼ねて問うて見たということになる。

尊氏は直義の考えたとおり、急に苦しい表情となった。

「それだけはどうしても……」

「……無理じゃ」

尊氏は首を横に振った。

直義は、苦悩に陥る兄尊氏の顔をしげしげと見つめた。

直義は尊氏の反応を既に予想していたようであった。

そしてここ何年も見られなかった柔和な笑顔で、自らそう想定していたかのように、自身の決断について語り始めた。

「兄上の気持ちはよう分かりますゆえ……」

「しかしこの国には、賀名生(あのう)の後村上天皇を上にいただき、それに従順な武士(もののふ)も多いゆえ………」

「さすれば……」

直義は姿勢を正した。

そして気持ちを引き締めて、直義は最後の決意を尊氏に告げた。

「今回私は政務から離れ、いずれ、再び京から出ていきましょう。

さすれば、その結果起こることには皆が納得することができるでしょう。

戦さはあるでしょうが、後は皆の納得の問題。そう、もう国を分けるような大きな戦さは起こらない。そういうことです」

尊氏は驚いた。とっさに直義の目を見た。

「直義！……。おぬしはそれでよいのか」

直義は再び柔和な顔に戻り、静かに言葉を繋いだ。

「兄上もご存知のように、これが三条足利直義の政、政道というものです。

すべての者が起こった結果を素直に受け入れていけるように道を敷いていくということなのです。

そして……」

「兄上には、これが三条直義の幕府における最後の政であることをよく覚えておいていただきたい」

直義は兄の顔をじっとみつめた。

直義は既に決断していた。

尊氏はその表情を見て、弟の直義の決断がもう二度と変わらないものであることを悟った。

もうこうなったら自分の意見や姿勢は絶対に変えないという直義の性分は、幼い頃から、兄の立場からも、いやというほどに知り尽くしていた。

「直義！　それしかないのか……」

「……」

直義は無言で頷いた。

尊氏はその顔をじっと見つめた。

「仕方ない……のか……」

それ以上の言葉は、かけることができなかった。

結局尊氏はやむを得ず、直義の提案を呑んだ。


尊氏はその日の夜、一人で泣いた。

「師直に続いて、直義も救えなかった……」


そして、その夜の夢では後醍醐帝を守る獣に師直と直義をさらわれる屈辱を味わった。

「この者たちを連れていくぞ！」

「待ってくれ!!」

尊氏は叫んで懇願した。

しかし獣は、

「この者らも、後醍醐帝に弓をひいたお前の犠牲者だ！」

「お前が地獄で苦しむ限り、かわいそうだが、この者らもわしに預けられることになる」

と尊氏のもとから師直と直義を奪い去ってしまった。

「それだけはやめてくれ！」

尊氏は夢の中で叫び続けた。


結局幕府からは、南朝が望むような回答は出されることはなく、幕府と南朝との交渉は決裂した。

このことにより、南朝方の武士の蜂起が再開した。

一三五一年（観応二年・正平六年）七月二十八日、尊氏が一時南朝に転じた佐々木導誉（どうよ）を討伐するため近江へ出陣した。

翌日、義詮も興良（おきよし）親王を擁立した赤松則祐討伐に出陣した。


そして、その翌日のことであった。

足利直義は密かに京を抜けた。

京を出た直義は北陸へと向かった。

京にまた、誰も幕府の要人がいなくなった。

擾乱の再開を予想させる不穏な空気が、再び都に充満し始めたのである。

直義はまず、越前の金ヶ崎城に入った。

この時直義は、光厳上皇に比叡山に逃げるように側近に書状を出したという。

この事に関しては、自軍が朝敵とされないように、直義が北朝の支持を得ることを目的としたと思われる。

直義は南朝とは既に講和が決裂しており、朝廷との繋がりは是が非でも維持しておきたかったであろう。

また、先の兄弟での講和の話し合いの中で、南朝との交渉に直接失敗した直義に代わって、尊氏が南朝との修復に動くことを認識していた可能性もあると思われる。

直義も今さら尊氏が光厳上皇を守る立場に回れないことを知っていたのかもしれない。

実際八月七日に、足利尊氏は南朝に講和を申し入れている。

そして、いったんこの申し出は南朝から拒否されたという。


九月に入ると、近江において尊氏軍と直義軍の直接の戦闘が始まった。

戦いが始まった矢先、近江国醍醐寺において尊氏は霊夢を見たという。


夜に、またもや獣が、尊氏の夢に現れた。

「お前は都合よく南朝に和議を申し入れて、それでこれまでの罪から逃れようとしているつもりなのかもしれないが、今お前の弟の直義が、逆に南朝に弓を再びひき始めておる。

これもすべてお前の宿縁からから生じた災いなのじゃ。弟とともに後醍醐帝に許しを請わない限り、ますますお前の罪は深くなるだけなのだ。それが、分からんのか！」

尊氏のとった行動に対して、後醍醐帝を守る獣はますます形相が険しくなっていたのである。

「本当は直義とも戦いたくはないのだ！　分かってくれ」

尊氏は必死に訴えた。

しかし、逆に獣の怒りは頂点に達した。

「なにをぬけぬけとそんなことが言えるのじゃ。このままじゃ、兄弟ともに地獄に落ち続けるぞ！」

「許してくれ！　わしは太平の世を願っておるのじゃ！」

尊氏はとにかく叫び続けた。


この物語のような夢であったかは定かではないが、尊氏は霊夢を見て松尾大社に天下太平を祈願する和歌を奉納したという。

そして、十月二日尊氏と直義の会談があったという。

戦いはまだ始まったばかりであり、異例な速さの展開である。

講和が成立したとも言われたが、実際には戦闘が続いたという。

講和が成立したと言いながら戦闘が続くというのも変な話ではあるが、先の講和時の会談が、前述したような内容のものであったならば、納得はできる。

つまり尊氏がこの十月の会談において、前回以上に直義の態度の軟化、戦闘の回避を求めたが、そこまでは叶わず、結局前回の会談で約束された〝講和の内容どおりに戦いが継続された〟ということなのかもしれない。

「上杉が納得するまでは戦さは終われない」

直義は特にその点は強く感じていたであろう。


この後直義は鎌倉に向かった。


一方尊氏は、仁木頼章を執事に任命した。

「やはり、戦うしかないか……」

直義を説得し、態度を軟化させることができず、この時点で尊氏も戦いを覚悟せざるを得ない状況になったものと思われる。

軍を集め、恩賞を与えるためには、いよいよ執事が必要となったのである。


さらに尊氏は南朝側であった播磨の赤松則祐と手を結び、再び南朝と講和交渉を続け、ついに十月、南朝に降伏を申し入れ、承服されたという。

尊氏の降伏の条件は、大覚寺統（南朝）を正統と認め、万事を建武の時代の状態に戻すというものであった。
南朝はこれを認め、十一月三日、正式に講和に成功した。（正平の一統）
後村上天皇は、尊氏に直義追討の綸旨を出したという。

十一月七日、南朝側の北畠親房等は、北朝の神器を取り上げて、崇光天皇を廃位し、足利尊氏と正妻の赤橋登子を通じての姻戚関係があるという皇太子の直仁親王も廃太子とした。

これにて、北朝が断絶したのである。


十一月十五日足利直義は鎌倉に到着した。


尊氏の跡継ぎである義詮は、内心尊氏と直義の動向に不安であった。

京を父尊氏から任され、御前沙汰という、自らの御判御教書（ごはんのみぎょうしょ）の発給によって裁く独占的な訴訟機関を立ち上げるなど、権力を高めていた義詮であったが、いざ尊氏と直義がともに京からいなくなると、権力のこと等とは無関係に、突然強烈な不安が襲ってきたのであった。

「まさか父上が叔父上と……」

万が一でも直義の意向に尊氏が同調した場合（すなわち義詮は廃嫡ということ）、両者が団結して京に戻るか、最悪攻め入ってくるかもしれない。

そうすれば、もちろん自分の次期将軍の正統性などは、あっさり失われてしまう。

父尊氏には突発的な気分の変調もあり、義詮も心の隅にはいつもそのことによる恐怖心もあり、安心しきってはいなかった。

実際尊氏と直義は敵味方でありながら、時にお互いの直接の会談でさえ可能な、義詮にとっては理解の及ばない二人だけの関係性を保っていた。

「あの二人の間にはわしが見ても分からないところが多すぎるのじゃ……。

突然びっくりするようなことをされるときがある……」

義詮の眠れない日々も続いた。


鎌倉に入った後、次に直義は伊豆国府に陣を布いた。

「最後の戦いだな……」

誰にも言うことなく、直義は一人そう呟いた。


これに対し、同年十一月、尊氏は駿河方面から進軍した。

この時尊氏は、子の義詮が自分も進軍しようとするのを再三押しとどめたという。

「義詮にさせれば、一気に直義まで殲滅しようと暴走するのはまちがいないな……」

「いったん講和こそしたが、朝廷もどう動いてくるかは分からない」

「今は義詮には、都に居ってもらわねば困る」

尊氏には様々な懸念が蠢(うごめ)いていた。

尊氏の心中では、講和を進めること自体はよいとしても、対直義という強い対抗意識を主にして南朝との講和を進めようとする短絡的な義詮の政治手腕に対しても疑問や不満を強く抱いている時期でもあった。

「義詮は直義が憎いだけで動いておる。それでは駄目じゃ。下手をすれば、将軍や幕府が、ただ朝廷に利用されるだけのものとなる」

また過剰な大乱を防ぎ、南朝側から京を守るという意味でも、尊氏が義詮を押しとどめたのは正解であった。


直義方の軍は駿河薩埵(さった)山に尊氏軍を包囲するも、上杉に反発する反直義軍の勢力も多く集結し、次第に劣勢の展開となっていく。

そして、ついに十二月、足利尊氏軍は直義方の軍を足柄山で破った。

この戦いの結果、一気に直義方の軍は伊豆にまで敗走した。

翌一三五二年（観応三年・正平七年）一月一日に尊氏軍はその伊豆に進攻。翌二日、相模国早川尻の戦いにも勝利した。

ここで直義は速やかに敗北を認め降伏したという。


かつてはよく先陣を切った直義にとっては、総大将とは言え、伊豆からただ傍観するだけの降伏であり、予定どおりの行動、降伏であった可能性も高い。

そして直義は、戦闘に関しては、遂に最後まで負け続けたのであった。


同月、足利尊氏は直義と和睦して、鎌倉に入った。


この鎌倉入りの政策に関しては、関東を将軍自らの手で戦後処理する必要に迫られたものであった。

この時尊氏とすれば、すぐにでも京に戻りたかったであろうが、まだ関東を子の基氏に任せておける状況ではなかったのである。


尊氏の心配どおり、足利尊氏が関東へ出陣している間に、京においては南朝側が幕府との講和を破り自ら進軍を始めた。

同年二月、ついに後村上天皇は賀名生（あのう）を出て、河内東条から摂津住吉に移った。


そしてその後の二月二十六日のことであった。

足利直義は、鎌倉で急死したという。

享年四十六歳であった。

『太平記』では、「黄疸だと公表されたが、本当は毒殺だという噂が出ている」とされている。

命日が前年の高師直・師泰と同日ということも、毒殺されたという説の根拠となっている。

筆者はこの物語の展開も踏まえて、足利直義の死因に関しては、毒物や大量の飲酒による自害の可能性を最も考えるが、真相は不明である。

ただ、足利直義が自分の政治的命運や使命は既に尽きたものと判断していたことは間違いがないであろう。

同年閏二月六日に南朝は一方的に宗良親王を征夷大将軍に任命した。

同月十九日、後村上天皇は石清水八幡宮へ入り、翌二十日、北畠親房や楠木正儀（まさのり）らが挙兵して上洛したという。

幕府軍は破れ、三条殿は焼かれ、足利義詮は近江に逃れたという。

そして、北朝の三上皇と廃太子直仁は八幡の陣に奪われてしまった。

またしても、義詮は大失態を演じてしまったのである。

しかし将軍尊氏は、まだ関東で南朝方軍をも相手にしなければならない状況であった。

京にすぐに戻るというわけにはいかなかった。

同閏二月、新田義宗、義興（ともに新田義貞の子）、脇屋義治が、征夷大将軍に任命された宗良親王を奉り上野で挙兵して、同月十八日鎌倉を陥すことに成功。

一時鎌倉を占領した。

一方、同閏二月、京では足利義詮は兵を集め、京都東山方面から反撃を再開した。

後村上天皇は京都に入らず、石清水八幡を根拠地とした。

楠木正儀は河内に戻り、北畠顕能が八幡で防戦に努めたという。

三月、足利義詮軍は何とか再び洛中に入ることに成功し、兵糧攻めを採用した。

持久戦に持ちこむ作戦をとったのである。


他方、尊氏も同年閏二月二十日、多摩川北岸の武蔵国人見原、金井原で新田義興軍と戦った。

さらに三月前後の時期に、武蔵国笛吹峠(うずしき)で宗良親王、新田義宗、上杉憲顕軍を撃破した。

この一連の戦いを武蔵野合戦ともいう。

尊氏は三月十二日には新田勢から鎌倉の奪還に成功した。

また年号に関して、正平から観応に戻し、南朝との決裂、再対決を明確にしたという。


五月、八幡の戦いにて南朝側から足利義詮軍に寝返る者が現れたという。

この結果、後村上天皇は賀名生に戻らざるを得なくなった。

幕府軍が石清水の南朝軍を何とか陥落させたのである。


六月南朝側は、光厳、光明、崇光の三上皇、それに廃太子の直仁親王を賀名生に移した。

七月、幕府は、諸国守護に、武士の寺社本所領狼藉を禁じ、追加法の発令により近江、美濃、尾張の三ヶ国の半済を命令した。

この「半済令」により、寺社本所の年貢が一定の割合で保証されるとともに、守護がその軍勢において兵糧を確保できるという、守護の大きな権限の拡大が正式に認められることとなった。

まさに、独立した地方分権成立の第一歩と評価されることであろう。


八月、足利義詮は、出家する予定の彌仁(いやひと)親王（父は光厳天皇、兄は崇光天皇、母は三条秀子）を立太子なく変則の形で即位させた。

大和政権（王権）時代の継体天皇の先例に倣うという、かなり無理な即位であった。

後の明治時代、南北朝正閏(せいじゅん)論争を起こさせる一つの大きな要因となった即位となった。

この後光厳天皇の即位で、再び南北二朝の並立となった。


翌一三五三年（文和二年・正平八年）五月、武蔵野合戦での勝利後、奥州の勢力も足利の配下とした尊氏は、鎌倉での最後の〝象徴的仕事〟を行った。

それは、遂に北条時行の処罰を自らの命令で行ったのである。

北条時行は、北条氏が数多くの処分を行ってきた、鎌倉の龍ノ口(たつのくち)で処刑されたという。

この処分はこれまでの尊氏ではできなかったことであろう。

時折、弟の直義が、尊氏の穢れ役として行ってきた類の、やや暗い部分が残る決断、裁断である。

しかしこの仕置きを足利尊氏が行うことで、ようやく北条に加担することが源氏、将軍家に逆らうことであると関東の武士にははっきりと示されたのであった。

この意味は関東を安定させるためには大きいことであった。

同族の新田、弟の直義、元の支配者である北条をすべて、源氏の棟梁、足利尊氏の手で征伐し、関東の武士に足利尊氏こそが唯一の主君であることを宣言したのである。

そして、同年七月尊氏は、畠山国清を関東執事として子の基氏に関東を守らせ、自らは鎌倉を出立した。

九月美濃国の垂井で義詮と合流し、後光厳天皇を奉じて入京を果たした。

一方、九州方面の状況は次のようになった。

一三五二年（文和元年・正平七年）十一月、前年より鎮西探題として認められていた足利直冬であったが、養父の足利直義の死で、九州でも威厳を失い、尊氏派の一色道猷範氏（どうゆうのりうじ）に大宰府を攻撃され、長門国に逃げた。

そこで、一三五三年（文和二年・正平八年）一月足利直冬は、南朝に帰順を申し入れた。

そして、これが受け入れられ、南朝は足利直冬を総追捕使に任命した。

そして時は下り、以下の足利直冬を大将とする、南朝方の攻撃が見られた。

一三五四年（文和三年・正平九年）九月、山名時氏は直冬を総大将に奉じて丹波へと軍を進め、桃井直常は、北方から京都に迫り、楠木正儀は、南方の石清水八幡宮に進軍した。

十二月、尊氏は後光厳天皇を伴い、近江国に退いた。

一三五五年（文和四年・正平十年）一月、桃井直常、足利直冬軍は入京し、幕府軍と、京で激闘を繰り返したが、二月、摂津神内山で足利直冬は、足利義詮率いる幕府軍に大敗した。

さらに三月尊氏に本陣の東寺を攻略された。

直冬はついに京都を奪回することはできなかった。

直冬はこの後、中国地方に没落。その勢力を落とし、再上洛することはなかったという。

奇しくも南朝を背景としては、決して征夷大将軍にも任命されず、その力を発揮できないという点では、やはり直冬も後醍醐帝の時の父尊氏に似た経過を辿っていったのであった。

九州では、同一三五五年十月、既に足利直冬は居なかったが、少弐頼尚は、懐良親王（後醍醐天皇の親王）に従った。

南朝の征西将軍として生き残っていた懐良親王であったが、一色範氏を破り、北九州に勢力を伸ばした。

そしてこのことで、一色範氏は博多を離れ、長門から京に戻りそのまま隠棲してしまったという。

エピローグ

その後、京の都にある幕府に直接脅威となる大きな戦さは見られなくなっていった。

観応の擾乱以後、〝直義の予言〟どおり、戦さは、次第に収束していったのである。


尊氏は直義のことを思い出していた。

「全く直義の言うとおりじゃ……」

「だんだんと争いは小さくなり、減ってきた。

確かに幕府はもう大丈夫じゃな……」

改めて尊氏は、生前の直義の予言が的中したことに驚いた。


足利義詮においては、次期将軍の地位は不動のものとなった。

尊氏は、次は師直のことを思い出した。

自分とは正直そりが合わない息子の義詮を無事に次期将軍として衆目に認めさせるまでに至ったの

は、師直の功労が大きかったことも改めて思い直した。

「師直がいたおかげで、義詮を次の将軍にすることができる……」

尊氏は目を閉じて二人の姿を思い出し、心中に描いた。

「幕府があるのは、あいつらのおかげじゃ……」

「直義……。師直……」


〝天皇の子〟として京都に幕府を造るという足利尊氏のこだわりは、足利直義と高師直という尊氏の二人の側近の功績と、そして、彼らの命を賭した犠牲の下に成し遂げられたものであった。

まさに一時はとても不可能にしか思えなかった、奇跡的な偉業であった。


幕府に抵抗する大きな勢力は、九州の懐良親王を残すのみとなった。

「後醍醐帝の皇子とは、まだ戦わねばならんかのう……」

「これだけは、どうしようもなかったな……」

尊氏は苦笑いを浮かべ、そして在りし日の後醍醐天皇の姿を親王に重ね、天皇との懐かしい過去の日々を振り返った。


一三五七年（延文二年・正平十二年）光厳、崇高上皇、そして親王が河内金剛寺から無事帰京した。

「あとは九州にもう一度、戦いに行くだけじゃ！」

翌一三五八年（延文三年・正平十三年）、尊氏は九州に出兵しようと企てたようである。

しかし、背中の腫瘍が悪化したため、出陣は断念されたという。

「懐良親王、尊氏はもう戦えないようです。面目ない……」

尊氏は心から親王にそう伝え、そして静かに瞼（まぶた）を閉じた。

四月三十日、足利尊氏は、十五日前から生じた背中の腫瘍が悪化して、京都二条万里小路第にて亡くなったという。


時に五十四歳のことであった。

多くの世の人はその死を惜しんで、ひたすら嘆き悲しんだことであったという。


「できれば直義も師直も、ともに残しておきたかった」というのが尊氏の本音であった。

しかし結局尊氏は、自身の嫡流以外の子孫や兄弟、創業以来の特別の家臣を政治体制の中に残すシステムについては構築することはできなかった。

後の世となれば当然のことであるが、尊氏の純粋な心に溢れた野心は、まっ先に消去法の対象となり、露のように消えてしまったのであった。

「大事な者すべてと政（まつりごと）を行いたかった……」

「だが、それは甘いことじゃった」

幕府を創設するという大偉業を成し遂げながらも、大切な者たちを失った喪失の念がより強く、臨終の尊氏に覆いかぶさった。


尊氏の意識は少しずつ薄れていった。

すると、直義と師直の懐かしい面影が尊氏の目の前に現れた。

「おお、直義、師直！　二人とも来てくれたか。もっと近う、寄ってくれ」

「よかった。直義、師直……」


そしてしばらくすると、楠木正成が続いて尊氏の前に現れた。

「おお、正成！　生まれこそ違えど、おぬしとわしは本来同じ武士(もののふ)じゃ。是非会いたかったぞ」

「おぬしの子もりっぱに戦ったぞ」

「よく来てくれた。正成……」


そして最後、何といつもの後醍醐帝を守る獣が尊氏の下を訪れた。

「お前もようやく分かったか……」

そう言って、長年尊氏をずっと苦しめてきた後醍醐帝を守る獣が、すっとその仮面を取った。

仮面をとるとその顔は……。

何とその方は地蔵菩薩であった。


「菩薩様！」

尊氏は目を見開いて驚いた。


地蔵菩薩が告げた。

「私はお前の苦労もよく分かっておった。

お前は自分が帝の子孫であるということからも目を背けなかった。

尊氏、もう苦しまなくともよい。

世の矛盾に悩み、苦しみながらも自分の宿縁から逃げ出さない者に仏の慈悲は投げかけられるものなのだ。

尊氏よ、よく天皇の子、源氏の子としての人生を送り続けた……」


「菩薩様！……」

「ありがたや……」

最期に自身がずっと抱いていた苦悩から開放され、初代室町幕府将軍足利尊氏の魂は無事地蔵菩薩の下へと入滅したのであった。

花の御所へ

現在の京都市上京区室町通今出川上ル築山南半町に「室町幕府跡」「室町殿」、所謂(いわゆる)、「花の御所」があった。

一三七八年(永和四年)三月。

足利義満が造営したと言われる「室町殿」、将軍家の邸宅は、元々は第二代将軍の義詮が崇光上皇に献上した四季折々の美しさに囲まれた花亭で、崇光上皇が御所として使われた由縁で「花の御所」とも称されるようになったという。

造営当時は北朝歴代の皇居である土御門内裏にほど近い場所にあった。

義満がこの場所に邸宅を造営したということにおいては、より天皇の近くで、天皇を守り、公務を営むという初代尊氏が求めた足利将軍の立ち位置の精神が義満の中で純然と守られているものと感じられる。


尊氏が没した延文三年のまさにその年に生まれた義満であったが、祖父尊氏の口伝を聞いて育っていったでもあろう彼は、尊氏がもし生まれ代われば、そうしたかったであろうことを叶えるように、天皇、朝廷に接近していく。

そこには、大叔父足利直義であればおそらくそうであったと思われるが、朝廷と一定の距離を置く幕府の姿は見えなくなった。

後醍醐天皇からは征夷大将軍にさえ任じられることのなかった初代将軍尊氏であったが、足利義満は、北朝からの任官とはいえ最後は太政大臣となり、准三宮の宣下も受け、公卿としても最高を登りつめた人生となった。

後には最大の懸案である、南北朝の統一も成し遂げ、これにより尊氏の子孫である足利将軍は〝純然たる天皇の子〟に戻ることができた。

義満という将軍は尊氏が思い描いていた世界を実現した人物であり、逆に言えば尊氏の純粋な強い思いがなければ、義満がこれほどまでに公武統一にこだわることはなかったと思われる。

一説には義満の皇位簒奪論もあったと言われることがあるが、足利義満には、そのような疑いが生じても尚前に進みたい〝将軍としてあるべき道〟があったが故の誤解であるとの印象を受ける。

この義満が受ける誤解や嫌疑は、後の世に天下の逆臣のレッテルを貼られることもあった祖父足利尊氏に対する世間の誤解や嫌疑との類似点でもあると思われる。

その義満の時代、室町幕府は最盛期を迎え、しかも統治、外交、貿易を通じて、征夷大将軍が実際に（執権や得宗家ではなく）、直に政務を取り仕切ることができる存在であることを日本国内に示した。

義満は、京において「室町殿」、そして後には「北山殿」として朝廷、武家、寺社の各権門をまとめあげる体制までも構築することに成功した。

鎌倉将軍が三代で源頼朝の血統が途絶えてしまったのとは全く逆に、室町将軍は三代義満の時代に全盛を迎えた。

しかしこのことを振り返ってみると、それはつくづく祖父尊氏の時代に、高師直、足利直義の命を代償に成し遂げられたものであると強く感じられる。

師直は足利尊氏、義詮と続く足利の嫡流を守り、直義は将軍を頂点とする足利の政治が実権を持って幕府を運営する制度の基礎を築いた。

決してそれは初代将軍足利尊氏一人ではできない偉業であったと思われる。

室町幕府の制度に関しては、変更の諸点はあるが、総じては、足利直義が目指した方向に進んでいくことになったと思われる。

一時は高師直の独占となっていた足利家の家政を総攬する「執事」の職も「管領」という形に変わり、細川、斯波、畠山の有力足利氏族が担当することになった。

役職も足利家の家政を担うものから、より公的な幕府政務を遂行する役割を請負っていくこととなる。

「執事職は一つの氏族には任せない」という、おそらく事実上北条氏に支配された鎌倉幕府の教訓から得た、直義の最もこだわった信念は、制度として守られた形になったものと思われる。

「管領」も足利の家政を担当する「執事」のイメージがあった為、「高のような従者がその任に就くべきである」と一族の管領就任に反対して出家してしまった斯波氏頼の逸話があるなど、当初はその公的な重要性が周知されていなかったのであるが、三代将軍義満の治世以後は天下の要職として広く認識されていくこととなるのである。


幕府の初期制度設計を行った足利直義の影響力は大きい。

そして、足利直義の構想の下で始まった室町幕府体制は、「完全な体制というものはあり得ない」という世の真理からはやはり逃れることはできず、幕府の命運に直義の構想上の欠点を反映することにもなる。

それは本文でも述べたことでもあるが、足利直義が一部の同志の犠牲および内乱に対して、あえて甘受する態度をとった為、幕府の体制としても私的な闘争に関して、寛容すぎる政治姿勢をとるようになったことである。


三代将軍義満はむしろその状況を自身に有利な方向に誘導し、斯波、細川の管領家内、守護山名氏の家中の争い、大内氏の幕府への反旗を巧みに操り、これらの勢力を削ぎ、相対的に幕府、将軍の立場を向上させる手腕をみごとに成功させた。

後の将軍もこの義満の先例に倣い、なかば守護や管領の私闘に便乗する形で自らの政権運営を有利に進めようとする手段を用いることとなった。

将軍にとっても、多少の内紛に関しては、あった方が望ましい状況にさえあったということになる。

しかしこれは両刃の剣であり、幕府が内紛をコントロールできている段階はよいが、いったんその処理を誤ってしまうと、時には不必要な恨みをかい、また結果幕府にはさらなる永続的な火消しを求められ、そして、それに応じることができないと、遂には幕府の承認を得ずに自らの地方権力を主張する者が現れてくることとなる。

それぞれの段階で見られたのが室町将軍の暗殺や応仁の乱であり、そして最終的には戦国時代の到来を迎えることになるのである。

戦国時代とは、尊氏や直義が始めた室町幕府における、地方勢力、地方争乱の容認時代を経て、実力と武力闘争によって将軍の権威に代わる新たな統一者を決める時代に移ったことを意味するものと思われる。

そして、最終的に地方権力者（後の大名）は、自身の地方権力を容認してもらう代わりに圧倒的な武力を持つ公的な統一者、すなわち天下人（最終的には徳川家康）に対しては恭順を示し、そして武力行為のすべてをその公的な統一者に返納し、管理されることになるのである。

もちろん、そこでは私闘や内紛は認められず、そのようなことがあれば、「お家の取り潰し」の憂き目に遭うことが決められたのである。

もし直義が後の江戸時代のように、私闘や内紛を認めない制度の構築にまでこだわり、尽力していれば、後の室町幕府の在り方や運命は異なる性質のものになったであろう。

足利直義は客観的な判断に卓越した冷静な性格を持った人物であったが、反面、彼が生きたのはまさしく戦乱、混迷の時代であり、直義の人生を大きく切り開いたのもまさに戦いによってであった。

確かに戦さには正直弱かった直義であったが、直義には戦い自体を根本から否定する発想もまた、無かったのであろう。

直義ほどの冷静な政治家においても、この時代、戦い自体のない世界までには発想は及ばなかったと思われる。

足利直義もやはり、武人、武士であったのである。


足利直義は戦闘（処刑、暗殺を含めて）を自身の政治に大いに利用した。

直義は戦いには弱かったが、戦いの本質を知りつくした武将であった。

表面上の敗戦が極めて多いのも、逆に戦いにおける勝敗を越えた影響力や効果を直義が知りつくしており、目先の勝利には固執していなかった証明のようにさえ映る。

実際、将軍である兄の尊氏にあえて最後の勝利を手渡し、花を持たせ、尊氏の権威を高めた戦いも数多くあったように思われる。

戦いの本質を知った直義の思想の根底には「物事の最終的な解決は戦いによってしか成し遂げられない」という確信さえもあったのではないかと思われる。

このことが右に述べた、国内に各種の私闘を容認する室町幕府の体制に繋がったとも考えられる。見た目は優秀な吏僚のイメージが強い直義であり、彼を総合的に評価すれば、「理知的な武将である」ということになるが、あえて否定的に厳しく言えば、「人格内においてはシビリアンコントロールが十分にはされていない」とも言えるのではないかと思われる。

一方、別の現実的な観点から見れば、足利直義の考えは現実策としては擁護する立場をとることができるかもしれない。

つまり当時のように、世に戦乱が消えない（全くゼロにはならない）現状が真実であると考えるならば、直義のように、「決して戦いが悪い結果にならないように考える」ことが、より現実的な解決策を導く最良の手段であるのかもしれない。

実は、この「最終的な解決は戦いによる」と考えているであろう点は、少ないながらも、最も敵対した足利直義と高師直との間の大きな類似点でもあった。

基本的に幕府創設前後の時期までは、重要な価値観を共有し、お互いにリスペクトする部分のある存在であっただろう。

次に、天皇、朝廷との距離感を考えてみたい。

足利尊氏は朝廷を後見するため御所に近い二条高倉に住んだという。

一方、直義は三条高倉に住み、三条殿と呼ばれていた。

この少しの距離感が尊氏と直義の朝廷との距離感を象徴しているものと思われる。


鎌倉時代において封建制の雛形が定着し始め、中央の文化が地方にも十分伝わり、そして質実剛健で骨のある文化が地方においても発生した。

要するに日本の文化および、精神が初めて国の隅々まで伝わり、そして新たなものが興ったのである。今度はそれらを都に集めて一つの文化、社会、初めて日本人の文化社会を創っていくこととなった。それが室町の世である。地方に充填された活力を基に中央、都でそれを結集し、一つの花を咲かせることができる時代となったのである。

歴史的にその時代の節目に最も早く、敏感に反応した人物はというと、それは後醍醐天皇であった。

「都で、そして朕が国をまとめねばならない」という思いは強かったであろう。

そして、足利尊氏も後醍醐天皇の時を見る目に関しては純粋に尊崇していたと思われる。

「天皇、朝廷の近くで傅か（かしず）なければならない……」

そのような思いも尊氏の心中では強かったと思われる。

一方、直義は正直鎌倉幕府の時のように、朝廷とは一定の距離を置きたかったのであろう。

この思いの強さの差が、尊氏と直義の邸宅と御所との距離感に象徴的に現れているものと思われる。

そして、この朝廷との距離感については、直義とは立場的にもライバル関係であった二代将軍義詮はこの点では直義と同様に尊氏よりは少し距離を置き、三代将軍義満は尊氏と同様に距離が近く、四代将軍義持は再び少し距離を置くようにと各将軍の間で揺れ動いていく。

このことだけをとっても、将軍家の中に尊氏的な価値観と直義的な価値観がともに継承されていることが読み取れる現象であると思われる。

そしてこの現象からも、初代将軍尊氏の極めて柔軟な姿勢を垣間見ることができる。

初代の尊氏が決して直義的な価値観を否定、拒否せずそのまま取り入れたことで、確かに不安定さは増したかもしれないが、制度の硬直化や退廃を防ぎ、二百年以上続く室町幕府の基礎を造ることに貢献したのではないであろうか。

また尊氏は南朝方の忠臣である楠木正成、正季、正行、北畠親房、顕家らの活躍を全く批難、修正することなく、そのまま歴史に残ることを十分に容認した。

このことにより、歴史の敗者であるはずの南朝の忠臣たちの活躍や優れた言動も消されることもなく後世に伝えられることとなった。

尊氏は自身と異なる価値観も尊重、温存し、後の世に伝わることを選択したのである。

この初代将軍の柔軟な姿勢もあり、日本全国に広がった様々な伝統、文化、思想がすべて京に集中し、一本化する素地が整ったものと思われる。

日本全国に共通してある文化、習慣に関しては、室町時代発生のものが極めて多いことが言われている。

この歴史的な流れの事実上の先導者、統率者が足利尊氏であり、尊氏の奔走によって今は〝室町時代〟と呼ばれる日本の骨格が形成されたと言っても過言ではないと思われるのである。

総じて足利尊氏は、おそらく本人はそこまで意図はしていなかったであろうが、後の世における日本や京都における豊かさや美しさの結実に多大な貢献をした人物と言えるのではないだろうか。

あとがき

足利尊氏。

言わずと知れた、いわゆる室町幕府の初代将軍とされる人物である。

歴史上の人物として著名度では傑出した存在であり、武士としても、織田信長、豊臣秀吉、徳川家康らの全国統一を目指した戦国武将、鎌倉幕府を開いた源頼朝、平氏の全盛を築いた平清盛などの偉人達と比べても、何ら遜色ない、当たり前ではあるが誰もが知っている歴史上の人物である。

その有名な尊氏であるが、反面、評価としては、一言では何とも表現の仕様が難しい人物である。

明らかな歴史評価としては、右記のように室町幕府の礎を築いた創始者であるということは間違いのないことであるが、その事跡の面から見ても、尊氏の現れた時代背景は複雑である。

幕府創設に関しても、必ずしも全面的に評価されているとまでは言い切れない。

後には天下の逆臣と評価される時代を迎えることにもなってしまった。

そこで当時の社会状況をふり返ってみたい。

尊氏が生まれた当時の社会において、鎌倉幕府の横暴や悪政に皆が苦しみ、世の中が乱れて、人々が一致して救世主を求めていたような究極的な混乱があったかというと、正直そこまでの状況ではなかったように思える。

元寇の脅威もいったん過ぎ去り、直接の外来の恐怖からも開放された時代である。

一部の御家人から非御家人に至るまで、恩賞の不足や過去にない国防への過剰な労役や雑役に対して不満が噴出したことは、まぎれのない事実であるが、それがそのまま幕府の弱体や機能不全に繋がったかというと、決してそうではない。

むしろ状況としては、当時西国の寺社や公家が所有する荘園にまで幕府（とりわけ北条得宗家）の命令が及ぶこともあり、かえって幕府の権限自体は強いものとなっていたという社会現象があった。

もしこの日本の状況を、後の江戸時代のように、当時の「権門」と言われる朝廷や公家、武家、寺社勢力すべてが甘受する態勢であったならば、鎌倉幕府の統治はもうしばらくは続いたことであろう。

しかし、結果的にはそのようにはならなかった。

その中で足利尊氏は現れた。


それでは、どうしてこのような討幕に象徴される大きな政変が生じたのかを考えてみたい。

社会背景としては、幕府側の問題よりもむしろ古来、従来の政治勢力である朝廷が、幕府の権力進展に対して自己変革する必要性から、次第に世の中が騒がしくなっていったというのが実情なのではないかと思われる。

時代としては究極に不安定であったとまでは思われない鎌倉後期の時代であったが、主に御家人に対しての支配であった幕府の支配や規律が非御家人にまで影響が及び始めると、それまで棲み分けができていた朝廷と幕府の間に利害関係や緊張が生じた。

その動きに呼応した形で、朝廷の中でも「公家徳政」と呼ばれる政治改革が進み、それまでは主に武家社会で見られた所領や訴訟に関する決裁事項についても独自で行う動きも生じるようになった。

朝廷では鎌倉幕府の政治に対して、時には密かに対抗し、時には味方に引き入れようとするなど、良きも悪しきも幕府の政治を常に意識する状態になっていった。

幕府側もこの動きに呼応するようになり、特に皇位継承に関しては特別の関心と影響力を強める政治活動が活発となっていく。

少し時代は前に戻るが、後嵯峨天皇の後継時、後深草天皇系（持明院統）、亀山天皇系（大覚寺統）の両統迭立の時代に入った。

後嵯峨天皇、上皇の時代には、幕府の力の大きさに対してはっきりと抵抗することはできず、天皇は諦めと無言の抵抗のみを示し、この両統迭立の時代を迎えたのである。

そして、亀山天皇、上皇の時代には蒙古襲来の国難に対して、願文や勅使の派遣、襲来により炎上した筥崎宮（はこざきぐう）の社殿を再興、伊勢神宮や八幡宮など各社への祈願を行い、実際それらの活動が蒙古撃退に繋がったことにより、朝廷が再び政治に対しても主体的な意思を持ち始めることとなった。

さらに大覚寺統の後宇多上皇の時代の頃にはかなりの政治改革も進み、朝廷自体もかなりの統治能力を持つに至ったが、上皇は幕府への表立った抵抗は控え、変革のエネルギーは政治ではなく、法皇としての自己の仏道成就に向けた。

そしてその後宇多上皇の後、遂に、目に見える形で幕府からの完全な自立を求め、反幕府の烽火を上げる後醍醐天皇が現れたのである。


この朝廷内における改革の気運、後醍醐天皇という革命的な志向を持つ治天の君が出現しなければ、足利尊氏が歴史にその名を遺すこともなかった可能性は極めて高いであろう。

よって尊氏はその内心はともかく、自らが積極的に歴史を動かすことを先導して歴史に登場したわけではないということである。

朝廷において、特に個人的に突出した後醍醐天皇の存在がなければ、この物語の主人公である足利尊氏が、武家の代表として歴史に登場することも決して保証されるものではなかったのである。


このように、まず歴史の舞台における登場の契機、本人の動機においても、必ずしも時代の先駆者という訳ではなかったと思われる足利尊氏である。

まずこのことが、シンプルに尊氏を歴史上の英雄として描くことを躊躇する大きな要因になっているものと思われる。


そして次に、足利尊氏の個性の問題である。

尊氏の性格、内面に関しても、彼は突出した激しい個性や感情を前面に出すタイプではなく、これも、一言では言い表されない複雑な精神構造の持ち主である。

尊氏に関しては、明確な個性というものには乏しく、自己主張もさほど強くなく、どちらかというと優柔不断な面も多く見られる。

決して英雄と呼ぶに相応しい性格ではない。

弟の直義もそうであるが、自身の信条や理念をことさら言葉に出すことも少なく、自己の行動の正当性を他人に認めてもらうことには執着しない性格である。

この尊氏の自己主張をしない性格は、歴史的観察、一貫した歴史観からは、日和見、変節しているように見られる恐れが高い。

後の時代、逆臣とまで言われた一因が、この性格にもあると思われる。

正直、この性格は日本人の好みにはあわない。

日本人はお互いの人間関係においては、和を貴び協調性を重視するが、歴史上の偉人の評価としては、このような主張のはっきりしないタイプの人物を好まない傾向がある。

しかし実は、一見そのように見える足利尊氏こそが、後に述べるが、歴史を通観する慧眼の持ち主であったのである

これも尊氏の評価が難しい一因となっている。

そこで端的な人物的評価とは少し離れて、まず個別に、分析的に、尊氏を歴史の舞台にひき上げた内面的な要因、つまり尊氏をここまでの歴史的傑物として登場させた、最も大きな人格的、内面的な特性は何かということを考えてみたい。

足利尊氏を歴史の表舞台にひき上げた最も大きな人格、内面的な特性は何かと言えば、それは偏に、尊氏の目には見えない人間としての懐の深さ、広さ、器の大きさであると思われる。

その器の大きさから、尊氏の性格に関して、先に述べたように一言では表すことが難しい性格になるのだと思えるが、反面、様々な性格的特徴が次々と具体的に挙げられることになる。

結果、様々な人物が、様々な表現で足利尊氏を評価することになる。

評価する人物によって全く別の人物像、足利尊氏像が述べられることになるのである。

例えば尊氏と同時代の人物としては、著名な禅僧である夢窓疎石が有名である。

『梅松論』において夢窓疎石は、源頼朝と足利尊氏について、頼朝を「人に過度に厳しく、仁が欠けていた」と評する一方、尊氏は、「仁徳を兼ね備えて、なお大いなる徳がある」と褒めたという。

この夢窓疎石の頼朝と尊氏との間の歴然とした評価の差に関しては、少し注釈を加える必要があるが、それとともに、この評価の中にこそ、足利尊氏の内面に影響を与えた歴史的背景について知る鍵が存在していることも読み取れる。そういう意味で、とても興味深い史料でもある。

よって、やや脱線する部分もあるが、この疎石の評価について考えてみたい。

源頼朝に関して言えば、確かに弟の源義経や範頼、また源氏の従弟である木曾義仲、そして甲斐源氏に至るまでの同族が彼に討たれ、亡き者にされた。

ただし、この行為すべてが夢窓疎石の言う、頼朝の仁にかけた猜疑的な性格が原因であるかというと、決してそこまでは言い切れない気がする。

頼朝の父である源義朝の時代は親兄弟が公然と敵味方となり戦った時代であり、そして実際その父義朝も家来に裏切られ、生涯を終えることとなった。

当時、頼朝が源氏の嫡流として生き残ることと、他の源氏のライバルを抹消することをほとんど等しい命題と捉えてもやむを得ない時代の状況であったことを考えれば、一概にすべてが頼朝と足利尊氏の内面性の差に起因することとまでは言えないと思われる。

そして一方、逆から言えば、この頼朝の血統が途絶えたという歴史的教訓こそが、尊氏の内面性に影響を与えた可能性がある。

つまり、尊氏は先祖である源氏が辿った歴史的悲劇を繰り返さないため、一族の粛清にはとにかく発想が及ばないように思考性、内面性を育んでいった可能性が高く、結果この歴史的教訓が彼の許容度が高い独特の性格形成に大きく影響を与えた可能性も高いのではないかと思われるのである。

頼朝の血統の断絶という歴史的結末が、尊氏の内面に大きく影響を与えたということである。

そしてこの「先祖である源氏の歴史」は、後に述べる、尊氏の歴史観にも大きく影響したものと思われる。

更に疎石は、尊氏について、「一に強胆で精神力が強く、合戦の時も死に臨んで、恐れず笑みを忘れない。二に、天性の慈悲の心があり、人を憎まず怨敵にも寛宥で、敵を我が子のように許す人である。三に、心が広く財宝を惜しまない。財と人とを見比べる事なく下される」と賞賛し、以上の「三つを兼ね備えた、末代までそう現れない有難い将軍である」と、談義で評したという。

疎石のこの評価はさすがに褒めすぎの感があり、尊氏とも良好な関係を保っていた政治的な配慮から出された評価でもあるとは思われるが、疎石の言うこれらの性格群は、まさに尊氏の器の大きさから生じる性格面の諸長所をよく現しているものとも思われる。

尊氏は確かに我慢強く、また、実は決断力はある。

疎石のこの評価に現れているように、尊氏は「将軍というものは王将であるが、あくまで一齣である」ということを最も理解できていた人物である。

いざとなれば敵の懐にも飛び込んでいく戦術も備えていた。

このように足利尊氏には、懐の深さ、広さ、器の大きさ故と思われるが、一つの大きな特徴として、様々な長所になり得る性格特性が見出される。

数えればきりがない。

傲慢な所は少なく、私利私欲にこだわらず、育ちが良く寛容で、敵に対しても慈悲と尊敬の念を忘れず、勇気もあり、人を惹きつける魅力を持っていたなどと云われている。

簡単に言えば、我欲に囚われない無私な性格の持ち主ということにもなるが、それにしても様々な長所が言葉を変えて挙げることができる。

要するに、「とらえ所はないが、人物的魅力に溢れていた人物であった」と想像される。


以上まず、尊氏の人格的な懐の深さ、内面的な器の大きさについて触れた。

そして、尊氏にはもう一つ、他に類のない内面の特性がある。

それは、本文でも少し触れたが、尊氏が実に歴史観に鋭敏な神経を持ち合わせていた人物であったということである。

彼は大局的な歴史認識を持って自身の行動を起こしていたと言える。

逆に、大きな歴史観を持って動いているからこそ、その反動や負の批評から、尊氏の行動には歴史的な大罪人とされる危険性が必然的に孕んでいたとさえ言えるのではないかと思われる。

そういった特性の負の側面による結果から言えば、尊氏は確かに六十年に近い南北朝の大乱を誘発してしまったと言える。

しかし反面、さらに視点を大きくとって功績をポジティブに評価すれば、その後の日本が一つの国として一本の流れにまとまるように政治を行っていったことも事実である。

これらの尊氏に関する史実についての評価は大変難しく、また観点の違いから、評価が大きく分かれる結果にもなってくる。

そして前に述べた尊氏の器の大きさ、短期的な成果や反響にとらわれない性格が、自身の歴史観を人に喧伝したり、他人に強要することを憚った。

そのことで足利尊氏は後世、その歴史的評価においてかなりの誤解を受けることになったのも事実であると思われる。

特に江戸時代以後、歴史的に尊氏を逆臣とする運動が始まっていく。

後の江戸時代幕末の頃になると水戸学・朱子学名分論が盛んになってくる。

その水戸藩によって記された『大日本史』の中では、南朝こそが正統であり、南朝と対決した尊氏は天皇に逆らった悪人であると評された。

一八六三年（文久三年）、等持院の足利尊氏、義詮、義満三代将軍の木像が梟首（きょうしゅ）される事件が発生している。

どうも尊氏は政治が不安定になり、天皇を奉り、国を立て直す必要がある度に罪の象徴として槍玉に挙げられるようである。

そして、明治政府樹立後しばらくは特に問題なく経過し、日露戦争後一九〇九年には山路愛山（やまじあいざん）から尊氏を絶賛する英雄伝が出版されたりもした。

しかし、政治的混乱により、尊氏は再び逆臣の評価を受けることになる。

一九一一年（明治四十四年）一月、大逆事件により、幸徳秋水が処刑されることになったが、秋水の法廷での「現天子は、南朝から三種の神器を奪いとった北朝の天子ではないか」との内容の発言が問題となり、いわゆる南北朝正閏（せいじゅん）論争が起こった。

読売新聞の紙上でも「国定教科書が南朝を正統とせず南北朝を併記しているのはおかしい」と大きく取り上げた。

結果、南北朝のどちらの皇統が正統であるかを巡り、帝国議会での政治論争にまで発展した。

政府は朝廷の正統と閏位を明確にする案を上奏し、これを受けて明治天皇の勅裁で南朝を正統とすることでようやく決着したのである。

さらに昭和九年、商工大臣中島九万吉（くまきち）の執筆した雑誌「現代」の文章が議会で問題とされ、足利尊氏は国会で乱臣賊子と罵られ、大臣が逆賊の尊氏を評価したとして、辞任に追い込まれた。

遂に足利尊氏は国家に反逆する人物の象徴とまでになったのである。

そして大戦終了し、しばらくの間、昭和三十年頃までは尊氏を逆賊とする風潮は続いた。


このような後世の動きになったが、実は足利尊氏は、朝敵にされることについては、当初から最も恐れていた。

足利尊氏という人物こそが、朝敵や逆賊という言葉の持つ重みや恐さを最もよく理解しており、皮肉ではあるが、後の時代、逆賊の評価を受けた尊氏が、最も逆賊の意味を分かっていた武将であったと言えるのではないかと思われる。


そしてさらにもう一つ足利尊氏についての重要な観点について述べておきたい。

それは足利尊氏の全体像とも重なることであるが、彼はあくまでもリアリストであったということである。

そして、尊氏自身は実直なリアリストであり、プロパガンダの類の行動を好まない性格であったと言える。

そのような性格であるから、尊氏にはっきりとした将来のビジョンがあったかどうかは不明であるが、仮にもしあったとしても、それを表明することはなかったであろう。

プロパガンダどころか、自分の真意についても、あえて言わないところがあるのが尊氏の行動の特徴であったと思われる。

この理由として本来の尊氏の性格に加えて推測されるのが、リアリストである尊氏が事の成就を最優先させるために、「重要なことについてはことさら無言な姿勢を貫いた」ことが推測される。

そのような面もあったのではないであろうか。


私事で、しかも、ものを書く立場の人間としては大変恐縮な意見であるが、私は「言葉にすれば失い、そのものは逃げてしまう」というのが世の真理ではないかと思っているが、尊氏もそれに近い思いを胸に刻んでいたのではないであろうか。

ポスト構造主義の哲学者であるジャック・デリダは、言葉は本人の発した意図を離れて一人歩きする性質を持つという主旨の考えを著しているが、尊氏のような立場にあり、自分の発言が世の中に与える影響の大きさを実感できる人間は、このような哲学的な倫理に近い信条を持っていたのではないだろうか。

終生尊氏は、自己の行動の正当性を発言して他人に認めてもらうことには執着しない行動をとったのである。

このため損な役回りをさせられたのも事実である。

また、尊氏はあくまでもリアリストであったということから、次のような足利尊氏像が見えてくる。この点もよく理解しないと、足利尊氏という人物を大きく誤解することになりかねない。

歴史観の鋭敏さとは一見相反するようにも感じられるが、足利尊氏自身はイデオロギーにより行動する人間ではなかったという点である。

誤解を招かないようにより正確に表現すれば、尊氏は「イデオロギーには左右されないが、イデオロギーの力を最も知っていたリアリスト」ということになる。

逆に〝真のリアリスト〟であるが故に、イデオロギーと現実の結びつきをよく理解していた人物であったと言える。

つまり、人々の思想、思考、習慣がどう現実に結びついているかを、その個人個人においてよく理解していた。

また各個人のそのような価値観を尊重した。

要するに自分自身のポリシーに関しては一見無頓着であるが（あえて表明しないからであるが）、他人のそれには極めて肌理（きめ）の細かい配慮ができる人物であったということである。

そのことは以下のことからも推察することができる。

北畠親房は『神皇正統記』において、政治的な立場としては親房自身が尊氏とは敵対する南朝の公卿であったためであるが、当然の事ながら、尊氏については表現厳しく、かなり批判的であった。

しかし、尊氏はもちろんそのことを知っていたが、後に自身が批判されているその書を非難したり、自身の立場を正当化することもしていない。ましてや、同書を焚書や禁書にはしていない。

それどころか、自分の意見さえ述べた様子がない。


実は、その親房も武士の棟梁としての征夷大将軍の存在自体は否定しておらず、政治的には敵味方となったが、政治制度設計においては尊氏と類似した価値観も有していた。

後醍醐天皇直属の近臣というよりは先祖の代から伝統的に大覚寺統に仕える公家であった親房の家系（北畠家）における境遇は、実は源氏から足利家に伝わる伝統を尊重する尊氏の幼少の境遇とかなり共通する部分も大きかったのではないだろうか。

よって尊氏は、親房のイデオロギーについても十分に理解が及ぶ素地を持っていたと思えるのである。


尊氏は、対立することになってしまった後醍醐天皇の持つイデオロギーも十分に理解をしていたと思われる。

尊氏自身は決してイデオロギーで動く人間ではなく、それに纏わる発言もほとんどしていないが、内心では、捻じ曲がった世の中の倫理観に対して、「元の正しい姿に戻したい」という修正的な復古主義というアイデンティティーというものはあった可能性が高い。

そしてこの点は、後醍醐天皇と一致する価値観であったと思われる。

次に、足利尊氏の負の側面に触れてみたい。

足利尊氏の欠点や問題点としてよく言われるのが、尊氏が躁鬱(そううつ)病であったのではないかという指摘である。

この点についても考えてみたい。

尊氏の父である足利貞氏に関しては、確かに貞氏はかなりの深刻な悩みを抱えていたようであり、本文でも触れたが、特に晩年においては精神的な病に罹患していた可能性も高い状態であったと思われる。

一方、尊氏はどうであっただろうか。

確かに尊氏の性格面での短所として、現実回避的な性格傾向はあったであろう。

そして尊氏の気質としては、躁鬱の循環を有する気質である可能性も高かったと思われる。

しかし、かといって、実際の鬱病、躁鬱病を発症していたかについては、その可能性は極めて低いものと考えられる。

実際彼の行動を臨床医として観察したとすれば、もちろん抗うつ薬による薬物療法もできない当時であるが、尊氏は人前から引き籠もる時期はあったとしても、戦うべき時には戦い、それも終生その活動を貫徹している。

寺に籠もったり、出家を願望したりしているが、それは状況的に許される範囲での一時的な逃避的行動であり、いざ合戦が始まれば切り替わった行動をとることができている。

そのような行動がとれた尊氏について、現代の医学から診れば、鬱病もしくは躁うつ病を発病していたとは考えることはできないと思われる。

これまでに述べた、尊氏の理解しづらい性格による行動や言動が、彼が鬱病と捉えられた原因にもなったのではないだろうか。

以上、なかなか一言では評価が難しい為、足利尊氏の他に類のない人物としての器の大きさに着目し、そしてその内面や感性を探り、尊氏がリアリストであり、大局的な歴史観があること、また尊氏の致命的な欠点や問題点の少ない人物像についても述べた。

そしてこれらの諸点を踏まえると、これまで捉えづらかった尊氏の全貌について一つの姿が見えてくることに気づかされる。

それは何かというと、足利尊氏はそれまでの時代の指導的な天皇や公家、例えば天武天皇や白河天皇（上皇）や藤原道長ら、とも異なり、また武士としても平将門、平清盛や源頼朝、北条義時、泰時らとも異なる、かといって役小角（えんのおづぬ）、空海などの宗教界のパイオニア的存在ともやはり異なる存在である姿であり、つまり尊氏は、自らの武家の世界の枠を超えて、時代の各界をまとめたリーダーとして日本に初めて現れた人物であるという見方である。

武士でありながら、朝廷や寺社とも目をそらさず、決して各権門を武家の下に一方的に支配しようともせず、常に対話や交渉を持ちながら国をまとめていこうとした姿である。

リーダーという言葉からは、自分が帰属する集団外の事までを考え、みんなを引っぱっていく存在というイメージが湧いてくるが、それまでの時代においては、どんなに有能な指導者でも、自身が所属する氏族や家、さらには先ほど述べた公家や武家、寺社の各権門の利益を代表、主張する存在であったと思われる。

その点足利尊氏は、史上初めて自身が帰属する集団（足利氏、鎌倉武士、そして武家の棟梁）の枠を越えて、日本人のリーダーとなった人物であり、初めての、そう、元祖リーダーといってよい存在ではないかと思われるのである。

また、リーダーという言葉のニュアンスから、専制的な統治者や絶対的な王のような支配や強制力を基盤にした権力者とは異なり、他者の自由意志の総意として選ばれたという民主的なイメージも伝わってくるが、このイメージも足利尊氏を語るには適切な表現である印象を受ける。

尊氏は民意に近い皆の総意を汲んで自らの行動を示した初めてのリーダーであると言えるのではないだろうか。

リーダーとして必要である、多様性を認める度量の広い人物像、頼もしい統率力を持ち、最大公約数の期待に応えるという、それらの幅広い条件に応える人物であったということである。

当時の日本が尊氏のように、リーダーを求めた時代でもあったのであろう。

日本では、室町時代の始まりの時期に至るまで、朝廷と武家は京都と鎌倉を中心として棲み分けて、各々の歴史を発展させてきた。

奈良平安時代に確立する、朝廷による中央集権的な政治の歴史と、有力武家のリードの下、武士を中心とした地方勢力が伸展し、やがて封建制に結びつく地方分権的な歴史の流れが二つの大きな潮流となっていた。

そして、これらの棲み分けにより、日本の歴史が築かれていった。

そして、これらの大きな流れがまとまり始めたのがこの物語の時代であり、そして室町時代にそれらが合わさって本流となったのである。

統合により様々の要素が合成して、醸成していき、新たな歴史の本流が生まれたのである。

当時日本においては、その時代をまとめるリーダー的な人物が特に求められたのであろう。


そしてこの本流は今現在の日本にも続く大きな流れとなっている。

現在の日本の文化や生活における慣習のルーツは、そのほとんどが室町時代に祖を持つとも言われている。

日本においても、これだけの政治、文化、慣習が合流した時代というのは過去には見られなかった。

つまり、時代の大きな節目であった。

この物語の時代、その礎を造った人物が足利尊氏ということである。

日本においては初めての経験であったが、これだけの変革期を指導した歴史的な人物は、世界を見渡せば、尊氏のようなリーダー的な人物に限らず、専制的な、強烈な個性やイデオロギーを持ち、時には人格的な欠陥がある人物の場合も多く、多くの犠牲者や、その人物がいなくなった後の時代に大きな反動や分断を呼び起こすことも多々見られた。

その点尊氏の時代、確かに南北朝の分裂は起こったが、国家を分裂させる大戦争や大虐殺の歴史を生むことは無く、最終的には日本は無事一つにまとまった。

それは決して一方的な力だけではなし得ない困難な事業であったと考えられる。

柔軟なリーダーでなければこのような結果にならなかった可能性も高かったであろう。

歴史においては、他の誰かを足利尊氏の代わりに置くという仮定は成り立たず、もちろん断言はできないが、日本人はこの時代に足利尊氏をリーダーとして迎えてまずよかったとは言ってよいのではないだろうか。そして、尊氏をリーダーとして選択、許容した日本人も歴史的に誤った道を歩まなかったのではないだろうか。

足利尊氏に関しては、派手な行動や言動は好まず、どちらかと言えば、現代ではよく言われる調整型の政治家であるが、毛並みがよく、しかもいざとなれば決断力と胆力がある。

清濁併せ呑むタイプの典型の指導者である。

とくに個人や家柄の主張が強い中世の世において、この政治スタンスがとれる人間は極めて稀有な存在である。しかも源氏嫡流からの血筋を引く貴種である。

尊氏は、なかなか、いそうでいない資質を有するタイプの人間であると言える。

日本はそのような人物を、鎌倉後期から室町初期の統合の時期にリーダーとして迎えたということである。今の時代の日本人から見ても、その点は価値のある史実と再認識してよいのではないだろうか。

最後に改めて足利尊氏を日本のリーダーとして捉え、その歴史的偉業を総括する為、少し大きな観点からもう一度当時を含めた日本の歴史を振り返ってみたい。

先ほど鎌倉後期、主に朝廷側の要因で激動が生じたと述べたが、その誘因として、朝廷と幕府において、お互いの関係に亀裂を生じさせるある〝出来事〟が起こっていた。そしてそれは、武士とはいったいどのような存在であるかという根源的な問題にも根を這ったものであった。

そこで、その〝出来事〟を武士と朝廷の関係の歴史からごく簡単に振り返ってみたい。

武士の時代は、明らかな中央集権化から地方分権の誕生の時代への過程で見られた。ちょうど平安期に武士が台頭し、天皇の血を賜った〝天皇の子〟が臣下となった源平や、公家の血を引いた武家が地方に拡散し、各地方の指導者、開拓者になったことが武士による地方分権の始まりであると思われる。

各地で新たな土地を開墾し、やがて実質上の知行地として確立され、その土地に中央（京）の文化が流入し、新たな地方実権、文化的勢力としても成立していく素地を持ったのである。

そして鎌倉時代、源頼朝が都である京から離れた鎌倉の地に幕府を開いたことにより、その新たな地方実権を握る存在である武士が、直接都の天皇や公家の承認を得ずとも、鎌倉幕府の承認を得るだけで、事実上〝天皇の国〟日本においても、間接的ではあるが中央からも正式に認められる御家人として地方勢力となり始めたのである。

この、もし海外から見たならば、政府が二つあるかのような二重権力にも見える統治体制は、朝廷と幕府が良好な関係でお互いの棲み分けができている場合は問題がないのであるが、利害や主張（スローガン）に対立が生じた場合は、突如全面的な対立、内戦に発展する危険性を孕んでいる。

そして実際、日本の歴史の大きな流れの中で朝廷と幕府の全面的な対立、内戦は三度起きた。最初のものは、一二二一年に起こった承久の乱である。

後鳥羽上皇ら三人の上皇が鎌倉幕府に敗れ、後鳥羽上皇は隠岐に流された。

そして二度目のものがこの物語の時期であるが、後醍醐天皇による討幕宣戦。やがて足利氏による幕府の成立期。

そして最後の三度目が徳川幕府への討幕運動。明治新政府の樹立の時期である。

ということは、唯一幕府側が明らかに勝利したのは最初の承久の乱のみであったことになる。

逆に言えば、歴史上唯一無二のことが、突然最初に、起こってしまったのである。

その最初の承久の乱後、表面上は朝廷と幕府の関係が問題ない（承久の乱を経て鎌倉幕府の実力、武力が明らかに優位となったため）時期が続いた。

しかしこの時、日本史上において、幕府や御家人にとって存在意義を問われる根本的な〝出来事〟を放置した。

それは承久の乱の大きな契機ともなったことであるのだが、征夷大将軍を三代将軍・源実朝で源氏の血統が途絶えたままにしておいたことである。

もともと北条義時、政子は、さすがに当初は摂関家からではなく、後鳥羽上皇の親王を実朝の後の征夷大将軍に就けることを目論んでいたと言われるが（実際後には六代～九代は親王が将軍に就任している）、戦勝の結果もあり、親王どころか摂関家から招いた幼少の征夷大将軍（当初は正式な任官もできず）でさえも、内紛は絶え間がなかったものの、しばらくは全国統治上の根本的な問題は起こらなかった。

そして、征夷大将軍に源氏の血を引く者をついぞ置かずに、そのまま〝歴史を流してしまった〟。

結論を原理から言えば、後の鎌倉将軍については構想だけではなく、せめて後付けでも、源実朝の猶子であるとか、もしくは幕府認定の形であっても「実朝の後継者」であることを何らかの明らかな形で公認する手続きに関して、省くべきではなかった。

北条政子は、源頼家の娘である竹御所を源実朝の室猶子としていたようで、竹御所は実朝の次期将軍藤原頼経とは政子の死後、婚姻関係を結んだ。このように、幕府は政子の意思（遺志）を継ぎ、かろうじて鎌倉将軍の血統の断絶を防ごうとしたが、肝心の実朝と四代将軍藤原頼経においては、頼経は初代将軍頼朝の母方の妹の曾孫という、極めて薄い母系の縁戚関係しかなく、非常に心許ない血縁関係であると言わざるを得ない。

北条義時が承久の乱後一二二四年（元仁元年）、政子が一二二五年（嘉禄元年）とたて続けに亡くなり、四代将軍頼経の将軍就任が一二二六年（嘉禄二年）であるから、なかなか将軍の適任者が見つからず、北条政子においても、義時の後妻が別将軍を擁立させようとする動き（伊賀氏の変）を制するのが精一杯であったのが実情であったのであろう。

義時、政子の続けての死は幕政の継続において大変厳しい出来事であり、その上でのやむを得ない政治的空白が生じた結果であったとは十分理解ができる。

それでも、あくまで理想論のみを言えば、後鳥羽上皇への討伐軍の総大将に源頼朝同様、河内源氏の血を引く足利義氏を任じ、彼の戦功を最大限に高めた後に、義氏から後鳥羽上皇が所有していた膨大な荘園の一部や地頭の権限を新たな恩賞として御家人に与え、彼を征夷大将軍として任命できれば、最もよかったであろう。

有能な政治家であり、勝負勘にも大変優れていた北条義時であるが、歴史上金の卵になる可能性もあった足利義氏であっても、やはり現実的には義時から見れば、周りの目もそうであったように、（義氏を）従順で働き者の一御家人以上の存在に見ることは不可能なことであったのだろう。

また同時に、生前源実朝とは緊張関係にあった北条義時としては、ことさら実朝の存在価値を追認するような政策に関しては、正直目を向けることもできない立場でもあったのだろう。

しかしその中においても、北条政子の立場から見れば、この足利義氏に関する理想論はもう少し、現実的な可能性が広がるものであった。

源実朝存命中に北条政子は、実朝と足利義兼（義氏の父）の娘との婚姻を勧めたという。

この縁談が実現していれば足利義氏の処遇に関して、後の歴史において、もっと大きく異なった流れになった可能性がある。

このような政子の尽力もあったが、結局、有能な北条義時、そして後の善政の誉れ高い北条泰時時代にも、この〝鎌倉将軍の問題〟を放置したまま時は流れたのであった。

天皇の血統のみに目を向けすぎた結果、幕府の根源的な正当性である源氏の嫡流から目をそらしてしまったことになったものと思われる。


そしてこの重要な問題を放置したままにもかかわらず、特に北条泰時時代には法の支配が進展し、以後逆に、法を事実上運営する北条得宗家の権威は飛躍的に高まることとなった。

さらに、抜け目のない政治と三浦氏など他の有力な鎌倉中であるライバルの一族の粛清、没落により、北条泰時の時代以後、北条得宗家中心の政治体制はますます強大になっていく。

しかし〝鎌倉将軍の問題〟に加え、ここに、鎌倉幕府にとってのさらなる落とし穴が生まれることになる。

それは何かというと、日本という国における法治に関する問題である。

それまでの日本においては、法というものは有効であってもあくまで手段であり、飛鳥、奈良時代の古来より、日本という国は、律令に代表される法の支配を限定、あいまいにすることにより、天皇や朝廷の権威を高めて統治を確立したという歴史を持つ国なのである。

そもそも、鎌倉幕府の権威も、根本はその（根本的な法治を避ける）朝廷から任じられた源氏長者、征夷大将軍の権威によるものなのである。

この歴史認識と行動のわずかなずれ、見逃しが、鎌倉幕府の命運を遂に滅亡に導くことになってしまう。


要するに、日本の統治において執権政治というものを選択した場合、上に征夷大将軍として天皇の血を引いた貴種である武家の棟梁を置かないかぎり、すべてが空手形になる危険性に直面するということである。

法の支配がいくら効果的であっても、決してその大前提を補填できるようなものではないのである。実のところ、承久の乱後、たまたま後の時代に入ってもしばらく国内は安定していた為、この危険性が放置されただけであった。


征夷大将軍に武家の棟梁を置かない限り、対御家人において、御恩と奉公という将軍との間の主従関係がそれこそ全くおざなりになってしまう。

承久の乱における北条政子の演説においても、最も御家人を奮い立たせたのは、主君頼朝への恩に報いるようにとの言葉であり、形だけの将軍であれば起こり得なかった戦果であっただろう。

また朝廷側の論理としても、単にお飾りの公家や親王を征夷大将軍にするのであれば、天皇を直々に擁いている自分たちの方が、当然元々優位であるとの認識が強まることになってしまうであろう。北条氏の立場は、同氏の絶対的な立場が確立した時期にこそ、観念的な観察からすれば、根本的に最も危ない立場に追い込まれたということができる。

つまり御家人からすれば、「本来自分と主従関係を結ぶことができる武士ではない、都の貴人を、勝手に征夷大将軍として京から連れてきて、わが物顔で政権を運営している」。

朝廷からすれば、「最高の貴種である天皇の意向を黙認して権力を維持している」。

双方から言葉は悪いが、〝ふとどき者〟に映る可能性が強まってくるのである。

両者の共通の認識としては、天皇から見ても武家の棟梁から見ても「低い身分」である、どれだけ高く見積もっても「源平合戦に敗れた平氏の庶派の長に過ぎない北条氏が絶大な権力を握っている」というものになってしまう。

歴史的な雷鳴が起こったときに、そのことが、一気に時代を動かす裂け目となってしまうということである。

そしてこの物語の時代、史上二番目の朝廷と幕府の大乱が起こる、南北朝、室町に繋がる時代を迎えることとなるのである。

今度は鎌倉幕府が敗れ、朝廷による建武の新政が始まった。

つまり、後醍醐天皇と足利尊氏は討幕により、歴史認識的には矛盾を内包する北条氏の統治を本来の姿に戻したと言える。

歴史がどう展開していくかについては様々な機微が関与して、その全容を決定していく。その中には皮肉な結果、結末を伴うことも多い。

結果としては、後の時代、特に明治四十四年の「南北朝正閏論争」において逆賊の扱いを受けた足利尊氏の働きこそが、歴史的秩序を本来のものに戻したということになった。

尊氏は北条氏が築いた、レトロフレックスな（Retroflex〝逆向きに屈折した〟）力関係による社会秩序を元に戻したのである。

後醍醐帝と尊氏はこの点で同感であったのだが、ただ後醍醐帝はさらにより思想的にも原理的な方向に持ちこもうとし、幕府や武家政権の存在さえ否定しようとした。

一方尊氏はリアリストとして、そこまでは望まなかった。

この差がどうしてもお互いを遠ざける斥力として働いてしまい、離反する結果となったが、背景となる基本的な歴史的理念においては、後醍醐と尊氏は強く共有したものを持っていたと思われるのである。

そして、最後の三番目の朝廷と幕府の動乱についてである。

その動きは戦国時代をはさみ、室町幕府の次の江戸幕府で再々度起きることになる。

そこではかつての北条氏と類似した政治力学が働くことになる。

徳川幕府の時代、相対的に再び朝廷の権威は低下していたが、初代将軍家康から三代家光に至るまで、当初は朝廷の救済という側面もあったが、次第に武断政治により朝廷、公家を法で強く縛ろうとする政策を明確にした。

形式的には北条氏とは異なり、源氏の長者と認定された徳川氏の政権におけることではあるが、手法においては、法により天皇の権威や朝廷の政治力を抑えようとする政策であり、本来の日本の国の秩序を考えれば、まさに北条氏のレトロフレックスな政策の再現である。

この政策は鎌倉時代同様、確かにしばらく世の動乱を抑える効果があったが、逆に幕末には幕府転覆の原動力となってしまった。

そしてこの天皇上位の正常な秩序を戻そうとする強い反動を伴う動きは幕末から明治維新の世に再び見られた。

結局徳川幕府は、最後の将軍徳川慶喜の京の都、さらに大坂からの逃亡に端を発し、戊辰戦争の結果終焉を迎えた。


これらの三つの大きな流れから足利尊氏の歴史的役割をもう一度考えてみたい。

足利尊氏は本来ではない（レトロフレックスになった）秩序を日本史上最初に正し、元に戻した人物の一人であり、基本精神としては天皇を最上位に置いた国造りを真剣に考えていた人物であると思われる。

不幸にも、後醍醐天皇から離反する結果となり、忠臣の座を楠正成らに譲る形となったが、実は尊氏の価値観と後醍醐天皇や正成らとのそれは、極めて多くを共有している。

特に根本的な歴史観に関しては、ほぼ一致しているといってよいのではと思われるのである。

尊氏は正直な心情としては、後醍醐天皇から離れたくはなかったであろう。

後醍醐帝と尊氏については、本来は結びつく存在であったのだが、先に述べた思想的な原理原則の違い（幕府や武家政権の存在の是非）とお互いの周りの取り巻きの存在が二人をひき離してしまったのが実情なのだと思われる。

取り巻きが多くなればなるほど、それらの人々の雑多な価値観に引きずられてしまうのも歴史の通例である。


そして足利尊氏は室町幕府を開いた。

さらに、あまりにも明白なことではあるが、天皇に近い京の都に幕府を布いたのは足利尊氏以外にはいない。

しかし、このことは、尊氏が持つ他に類ない稀有な歴史観を象徴している。

そして尊氏は、リアリストである側面からしても、必ず天皇を上にいただくことがはっきりと〝見える〟形で統治しなければならないことも痛感していた。

尊氏が様々な制約を伴うものの、幕府の拠点を京の都、しかも御所の近くにおいたのもこのことが最も大きな理由であったと思われる。

弟の直義が勧めるように、鎌倉や関東に政権の基盤を置く方が実務的にはスムーズに事が運んだであろう。

頭では尊氏も、このことは十分に分かっていたことと思われる。有名な『建武式目』にもこの京都と鎌倉における統治の選択に悩む政権の姿が描かれている。

しかし、やはり最終的には尊氏は、天皇を上にいただくことがきちんと近くに見える形の政治体制にこだわったのである。

彼は源氏の嫡流の断絶や北条氏の末路を冷静に見て、歴史から真摯に学んだからこそ、最終的にそういう方針になったのだと思われる。

実はこのこと（天皇の近くに政権を置くこと）は尊氏の慧眼であるが、日本の政治においては、まさに肝要なことであると再認識しておいてよい価値があるものである。

例えば以下のことが事の成就の成否において歴史的教訓となるかもしれない。

後の明治時代における大久保利通らのように、ほぼ、天皇という御神体のみを他の公家から離して東京へ遷都（当時は行幸）したというのは、日本の中央集権的繁栄を考えると、歴史的な快挙であったと評価できるであろう。

そして、失敗の前例としても考えられるかもしれないのが、平家の都落ちであるが、それにしても、幼帝とはいえ天皇と神器を抱いていることで、一方的に朝敵にされないという態勢、源平合戦という体裁は整えることができたのではないかと思われる。結果、ことの成否はすべて合戦、戦いの結果に委ねられることになった。（戦いという面から見れば、天皇を守りながらの戦闘は戦術的には後手に回らざるを得なかったであろうが……）

当時は後白河法皇による院政の力が強く、上皇という別の御神体が京にはまだ残っていたということは明治維新の時代とは異なる状況であった。

また、距離は江戸（東京）からと比べると短いが、豊臣秀次の失脚以後も、京に天皇を置いて大坂城に下ったままであった秀頼を守る豊臣政権や、同じく幕末、京の都から大坂城に退いた、最後の将軍徳川慶喜の選択も、他の様々な事情があり直接の敗因とまではいかないかもしれないが、この観点から言えば誤った選択ということになる。

実際、政権奪取前の徳川家康は、関ヶ原合戦前は伏見城を拠点としており、そのことが合戦前後の朝廷工作に関してはかなり有利に進めることができたのではないであろうか。合戦後一六〇三年の自身の将軍宣下にスムーズに繋がり、さらに二条城を築城したことにより、洛中での家康の優位は動かしがたいものになった。

豊臣政権においては、秀吉の遺言のこともあったであろうが、秀吉の家臣である家康がその遺言を反故にした段階においては、せめて聚楽第に代わる出先機関や、家康の動きを牽制できる組織を洛中に造っておくべきであっただろう。

徳川慶喜の件に関しては、京を離れ、錦の御旗を立てられ賊軍に陥ったことが彼にとって致命的となったことは衆知の事である。


これらのように、足利尊氏の行動から学ぶ歴史的教訓、テーマというものは数多く認められる。


最後に今の時代に目を向けてみる。

現在の、先行きが不透明な現代社会は、相反する価値観がぶつかり合う社会である。

唐突ではあるが、時代背景としては、足利尊氏が生きた鎌倉時代後期から南北朝時代へと繋がる時期に学ぶ点も多いのではないかと思われる。

尊氏の時代は朝廷と武家、旧仏教と新興の仏教などの新旧の勢力のぶつかり合いがあり、元寇の余波もあり、様々な価値観の違いにおいて日本が揺さぶられていた時代である。

そして、時代は異なるが今の世の中も、グローバル化により国際的な多種多様な新しい価値観が日本に影響を与え、それまでの社会通念や規律が通用しなくなり、混乱、混迷に悩まされる時代である。

国際政治においても、グローバル化の反動により、自国さえよければよいと過度にナショナリズムを煽って政権を奪取しようとする過度に保守的な政党が現れ、デマやフェイク・ニュースが横行するなど、日本の南北朝期に似た社会現象も見られている。

また、それらと同様に扱ってはいけないかもしれないが、現実的に英国はＥＵからの離脱を表明し、統合的な流れに拒否を示す国策に基づいて動いている。

大国のアメリカでさえ、大国が持つべき責任や理念を放棄し、自国の利益を追求する姿勢を露骨に表明する状態となっている。

各国が何でもありの自国のエゴを露出する世界が現在の社会であり、またグローバル化は大前提でもあり、それらの世界の混乱が日本の社会にも強く影響している。

情報化社会と言われてからも久しいが、そのスピードは加速度的に増し、多様な価値観が乱立した結果、既存の価値観と大きく衝突する状態に陥っている。

世界においては、グローバル化を大きな流れとするものの、グローバル化に対立反立する保守的な立場、保護主義的潮流も無視できない状態であり、価値観がはっきりと分断する社会が出現している。

各国においては、具体的には、全く相容れないと思われる対立する政策や、対立する人物をどのように受け入れ、登用するかという難題に直面している。

現在の世界における最大のテーマは、この分断の危機に瀕した世界の社会情勢をどのようにまとめたらよいかということに尽きるが、残念ながら、今のところ明確な具体的道筋は見つかっていない。

また、国際的にもこの状況をまとめることのできる人物、リーダーとなり得る人物、政治家も見当たらないのが現状である。

アメリカのオバマ前大統領も、その理念は評価すべきものがあり、「核なき世界」のスピーチでノーベル平和賞を受賞し、イランやキューバとの和平路線を築くなどの外交成果も収めたが、残念ながら対立する概念、価値観に関する問題を解決し、自身の理念を具現化する政策を実現する前に大統領の任期を終えてしまった。

現在の国際社会は、国連の決議にも効力の限界が見られ、はっきりとした世界を統合すると言える国や組織、指導者もいなく、人々は不安に駆られる日々を送っている。

その点において、現状とは少し離れるが、わが国に目を向けてみたい。

もともと縄文時代以前から多種の民族が混血して生まれた日本のルーツ。

有史以前より、日本（正確には、地図上の現在の「日本の場所」）には東西には何度か事実上は異なった社会が存在したものと思われる。

その雑多な日本が、今は一つの国となって、現在の日本がある。

日本では、異なった生活様式、風習、文化、価値観を統合することを繰り返して、今の時代を迎えていると言える。

そしてもちろん、今の日本という国は、ゆうに千年以上の歴史を持つ、統一された国家であるのは、間違いのない事実である。

今後の新しい多様な価値観の乱入に対して、将来においても日本ではこれまでと同様に分断を避け、統一した日本という国を維持できる可能性は、やはり高いものと考える。

日本はそのような国であるから、日本の歴史を学ぶことは、同時に分断を回避し統合する歴史を学ぶことを含むものであると思われる。


そして特にこの物語の時代である、鎌倉後期から南北朝、室町に繋がる時代においては、分断化の危機に見舞われた日本を一つにまとめる礎を築き、その後の室町時代を通じて、日本を大きな本流にまとめた歴史的経験がある。

当時の日本も国家としては、朝廷と武家、西国と東国は分裂衝突の危機にあり、一見とても和解や融合は不可能な状況であった。しかし、その危機を乗り越えて、室町という一つの時代を造っていった。

当時、そのような貴重な歴史をわが国では体験したと思われる。

この日本における特有な独自の経験を活かすことができれば、今の時代にも、有効な指針を我々にもたらしてくれるのではないかと思われる。ひいては国際社会において、日本が世界の分断を統合する貢献ができる可能性についてのヒントを与えてくれるのではないだろうか。


足利尊氏が、彼の死後にはなるが、混沌に満ちた日本を一つにまとめたという歴史的経験の持つ意味というものは大きい。

私たちは足利尊氏の行動や判断、トータルとしての人間としての生き方、そしてその結果である室町時代に繋がる歴史が、日本や世界をまとめる大きな原動力、教訓を与えてくれる場になることに注目して、歴史を学ぶ意義もあるのではないだろうか。

そしてこの足利尊氏という個人が歴史に及ぼした影響を探求する分野は、個人の力や存在が、巨大な歴史という存在にどれだけ影響を及ぼし得るのかという観点からも、大いなる興味をかきたてられる分野でもある。

そういう人物研究の立場からは、一見自己主張の激しくない人物の中に、尊氏のような大きな時代観を持ち、時代を大きく動かすことのできるリーダーとしての能力を持つ稀有な存在の人物がいるかもしれないことは念頭に置いておいた方がよいかもしれない。

何故、そのような人物こそがリーダーたりえるのかという問題も、興味深い、そして奥深い有意義な探求のテーマを与えてくれるのではないかと思われる。

今、多様な価値観により主義が反発しあう世界に対して、日本がどのように貢献していくのか、また、世界の中でどのように生きていくことを選択するのかが問われている。

これまで述べたような観点から歴史を学んでいき、それが少しでも今後の日本の進むべき道への方針となれば、それは望ましいことである。

さらにその結実として、将来の世界において日本の成熟、世界へ貢献する姿を見ることができればさらに喜びの限りである。

歴史はまさに、「歴史は繰り返される」という真理の下で展開していくものなのであるから。

筆者註／本作品は史実を基本にはしていますが、物語の展開、登場人物の会話などの構成において、著者の構想により創作された作品となっています。

謝辞

森茂暁氏、亀田俊和氏を始め、中世南北朝期、室町時代の研究の最前線にご尽力されている諸先生方のご研究、その成果に対し、敬意と感謝の意を表明したく思います。

本作品はあくまで創作でありますが、先生方のご尽力とご成果により、これまで現れていなかった史実が明らかとなり、そのことにより本作品も改めて覚醒し、新たな魂を吹きこまれ、内容をさらに充実させることができると思っております。

特に足利尊氏、直義兄弟間における特殊な兄弟関係、建武政権の先進性に対する最近の研究に関しては、本作品の方向性、作風により有意義な展開をもたらすご示唆をいただけたと思っております。

筆者の医業の恩師でもある島田文雄氏には多忙な中、今回の私の作品に対しても貴重なご助言をいただいたことに、この場をお借りして深く謝意をお伝えいたします。

先生は歴史に対する造詣が深く、これまでも、「アレクサンドロス大王の生育や人格、精神構造を究明することで、個人や個性が歴史へ及ぼす影響の限界について探ることができる」ことや、「国家に関しては、歴史の展開上、時代が進むにつれ、概ね首都は南から北方に移動することになり、また国家を分ける戦いになった場合、圧倒的に北方の軍が南方の軍よりも戦果を収めることになるという現象が見られることをまず真摯に受けとめ、その現象に対する人文、方位、地勢的因子の寄与と交絡関係の解明ができれば、歴史学にも有意義な結果をもたらすであろう」等、様々な歴史に関する興味深い提言をされ、今も尚、自らそれらの究明に熱意を持ち続けておられます。

最後に、三作合わせてお伝えすることで初めて伝わる真意もある、一見明瞭ではない意図を潜在させた風変わりな筆者の作品を、初作から温かい目で見守っていただき今回の作品まで導いていただいた郁朋社佐藤聡編集長に対して、自身が編集長の忍耐と許容の精神に甘えたことについては猛省するとともに、この場をお借りして心からの感謝と敬意をあわせてお伝えしたいと思います。

参考文献（著者五十音順）

亀田俊和『観応の擾乱』中央公論新書、二〇一七
亀田俊和『高一族と南北朝内乱』戎光祥出版、二〇一六
亀田俊和編『初期室町幕府研究の最前線』日本史史料研究会・監修　洋泉社、二〇一八
筧雅博『日本の歴史10　蒙古襲来と徳政令』講談社学術文庫、二〇一七（第一刷二〇〇九）
栗原一樹編『総特集　デリダ　10年目の遺産相続』現代思想2月臨時増刊号、青土社、二〇一五
呉座勇一編『南朝研究の最前線』日本史史料研究会・監修　洋泉社、二〇一七（第一刷二〇一六）
高橋哲哉『デリダ　脱構築と正義』講談社学術文庫、二〇一五（第一刷）
新田一郎『日本の歴史11　太平記の時代』講談社学術文庫、二〇一八（第一刷二〇〇九）
細川重男『鎌倉幕府の滅亡』吉川弘文館、二〇一七（第一刷二〇一一）
峰岸純夫『足利尊氏と直義』吉川弘文館、二〇一七（第一刷二〇〇九）
山本幸司『日本の歴史09　頼朝の天下草創』講談社学術文庫、二〇一八（第一刷二〇〇九）
森茂暁『足利尊氏』角川選書、二〇一七

【著者略歴】

天美　大河（あまみ　たいが）

精神科医師（医学博士）。

精神心理学および思想学的な観点から、歴史的偉人の活躍を蘇らせる創作活動を行っている。

著書　「さあ、信長を語ろう！」（郁朋社）

　　　「太子と馬子の国」（郁朋社）

元祖日本のリーダー　足利尊氏

2019年10月29日　第1刷発行

著　者 — 天美　大河

発行者 — 佐藤　聡

発行所 — 株式会社 郁朋社

〒101-0061　東京都千代田区神田三崎町2-20-4

電　話　03（3234）8923（代表）

ＦＡＸ　03（3234）3948

振　替　00160-5-100328

印刷·製本 — 日本ハイコム株式会社

装　丁 — 宮田　麻希

落丁、乱丁本はお取り替え致します。

郁朋社ホームページアドレス　http://www.ikuhousha.com

この本に関するご意見・ご感想をメールでお寄せいただく際は、

comment@ikuhousha.com　までお願い致します。

 ISBN978-4-87302-705-0 C0095